复制爱

一个单身女子的尼泊尔与印度之旅

Reflected Romances

A single girl's journey in Nepal and India

禹莎 著

人民交通出版社
China Communications Press

图书在版编目（C I P）数据

复制·爱　：一个单身女子的尼泊尔与印度之旅　/　禹莎著. -- 北京　：人民交通出版社，2014.5
ISBN 978-7-114-11335-2

Ⅰ. ①复…　Ⅱ. ①禹…　Ⅲ. ①游记—作品集—中国—当代　Ⅳ. ①I267.4

中国版本图书馆CIP数据核字(2014)第064555号

书　　名： 复制·爱
——一个单身女子的尼泊尔与印度之旅
著 作 者： 禹　莎
策划编辑： 毛　鹏
责任编辑： 周小彦
出版发行： 人民交通出版社
地　　址： （100101）北京市朝阳区小营北路17号
网　　址： http://www.ccpress.com.cn
经销电话： （010）59757615、59757988
总 经 销： 人民交通出版社发行部
经　　销： 各地新华书店
印　　刷： 北京市凯鑫彩色印刷有限公司
开　　本： 710×1000　1/16
印　　张： 14.25
版　　次： 2014年5月　第1版　第1次印刷
书　　号： ISBN 978-7-114-11335-2
定　　价： 38.00元

目录 Contents

尼泊尔——人神共居的天堂

印度——不可思议的国度

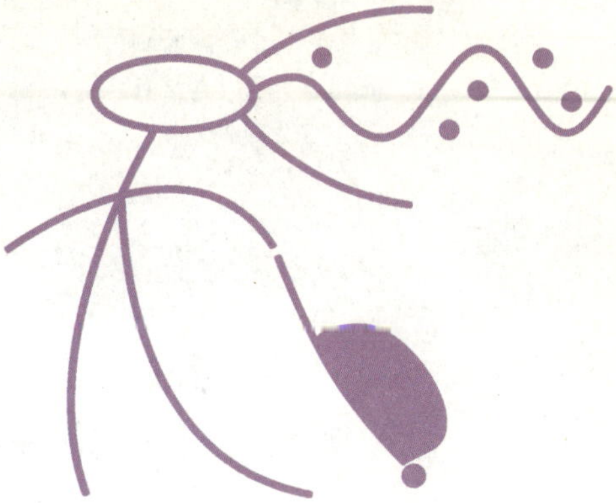

尼泊尔和印度，曾是佛教的发源地，今天，又盛传印度教。两种宗教，均是教人行善向美。一个纤弱的东方女子，睁着一双好奇打望的美眸，一路向西，无意间却收获了人世间最美的风景——爱情。

人生就似一场旅行，你路过我，我路过你，然后各自向前。旅途中有那么多心中有爱的人相伴同行，我们在有意无意间复制了别人的爱，亦在先知先觉中规避了他们的错，可终究，也摆脱不了分离的命运。虽然失去了曾经，但转身前行，幸福还会在明天迎接我们。因为只要有足够的虔诚，神就会在冥冥中眷顾你。

尼泊尔
——人神共居的天堂

Nepal, the Harmony of Humans and God

当神庙就在你的隔壁
神祇就是你一墙之隔的邻居
神的脉搏早就跳动在你的胸膛
敬畏就是拥有，拥有便是天堂

当我们坐在阳光的罅隙里
光阴已把我们暂时遗忘
捎带着愤懑、忧虑和彷徨
忘记就是放下，放下便是天堂

当中世纪的阳光把宫殿和神庙照亮
城市的血管注入了新鲜能量
它的名字叫信仰
信仰在哪里，哪里便是天堂

口岸慢时光

樟木，一宿都眠在雨里。清晨初醒，窗台上仍有滴滴答答的雨声。二十多天的川藏行，阳光一路赏脸，却在最后一天以绵绵细雨落幕，算是与我诗意的道别吧？

此行，原本计划只是走到珠峰脚下的。即便如此，这已是我有生以来最远的梦想。八月中旬启程，和几个旅友自驾经雅安、理塘、稻城、然乌、林芝、拉萨，到喜马拉雅。路途虽然险远，可越远，风景越奇绝，倍觉这一路涉千山渡万水的辛苦全是值得的。登珠峰大本营那天，同伴说：在这座山的另一边，有被野花宠坏的山坡，有被阳光晒醉的空气，在山的那边登山，才真正是享受！说者无心，听者有意。于是，没按原计划和同伴们一块儿回家，而是揣着一颗忐忑的心继续西行。纯粹，只因为好奇山那边的鲜花和空气，还有，想走得更远的超梦想。

早早地从樟木口岸过关到尼泊尔，那边有导游等我。

说来惭愧，明明是一个崇尚精神自由的人，却偏偏选择在异域他邦追小旗、戴红帽、吃团餐……要多土鳖有多土鳖。可我天生“鼠胆”，加之尼语不通，只好报个团，求平安了。

过境，没见到接我的导游。早听说尼泊尔人散漫，那就——等吧！

心情好，哪儿都是风景？

尤其在边境口岸，进进出出形形色色喧喧嚷嚷的人流，细心看，都能看出乐趣。

譬如，蹲在路边辨人国籍。中国同胞们永远最热闹，走哪儿都风风火火，聒噪自如；韩国人日本人则安静得多，时髦的发式和服饰衬托着他们的骄傲。白皮肤的当然都是欧美人，具体国籍猜不出，只听说鼻子特别鹰钩的可能是犹太人。尼泊尔人就一目了然了，繁复的纱丽服，深色的皮肤和分明的轮廓，牵着一串葡萄似的孩子们。那些孩子的眼睛圆圆大大的，滴溜溜地闪光，年岁很小就穿了鼻环和耳环，走在路上有细细碎碎的叮当声。

国籍最明确的是一个澳大利亚的摩托车队。二十多位须发皆白的老头儿，统一的黑蓝相间花哨骑士服，清一色霸气的凯旋复古摩托车，轰隆隆的排气声浪震得车把上的小国旗猎猎作响。

紧跟其后的是阵容庞大的英国自行车队。四十多个人高马大的英国骑士，脚蹬闪闪发亮的山地车，头戴流线型头盔，拉风得无与伦比。

还有三三两两不知是混血还是晒黑的白人，身背重装，步履铿锵，边走还边和我们一溜“傻蹲”打招呼。

这些不同肤色的面孔，像拉洋片似的在眼前次第滑过。原来，有很多人，都在为梦想而活！我虽不及他们勇敢，但也一直都在自己喜欢的路上倔强地折腾颠簸着。去过一些地方，小心地收藏在记忆里，待有一天老了，坐在夕阳下把它们徐徐展开，希望会是一张完整的世界地图。

不知不觉，日上三竿。许多上学的孩子结伴走来，叽叽喳喳像一群快乐的鸟儿。他们在镜头前毫不露怯，相互推搡着争做鬼脸，兴奋地勾着我的脖子求合影。真羡慕这些孩子，10：00上学，16：00放学，中间还有2小时午休。这样的作息表给中国孩子，他们也同样会有快乐的童年吧！

沿街溜达，挨家闲聊。尼泊尔人说话时总带着笑，是那种发自肺腑想对人好的微笑。虽然他们会的英文句子不多，却搜肠刮肚手舞足蹈地表达着自己的热诚。我去到一家兄妹三人开的杂货店，本是打算借买笔之名，换些零钱的。可100尼币的钞票，他们找不开，索性就将笔白送了我。我愧不敢收，哥哥说：“旅途中可以用它写些小故事，兴许最后能写成一本书。”我没敢拂他美意，但暗想那是天方夜谭。后来，看姐姐给妹妹梳尼泊尔长辫，看得眼馋，姐姐就给

我梳了一条一模一样的。妹妹还在我额头点了提卡，说：“无论你走到哪儿，无论路多艰难，神都和你在一起！”

他们如此贫困，却如此善良。难怪，上帝给了他们最美丽的笑容。

闲话间，上学的孩子们下学了。

找一路边小店煮碗泡面，翻了会儿闲书。抬望眼，只觉时光悠长，人世清越。

索性掏出新笔，写下了第一篇旅行札记，半天的光阴也就去了。其实不擅笔墨，记录这些温情的片段，只为他年想起。

林语堂先生说：“人莫乐于闲，非无所事事之谓也。闲则能读书，闲则能游名胜，闲则能交益友，闲则能饮酒，闲则能着书。天下之乐，孰大于是？”

所以，当我们的导游闪亮出场时，我一点怨气都没有。这个国度的慢气质，已自然而然将心境磨砺得圆融宁和。

玄妙小国

S，就是那位姗姗来迟的导游。很帅，宝莱坞电影里男主角的那种帅，颇让团里的一个中年悍妇垂涎。她明明是备好了毒舌向S兴师问罪的，可此刻，笑盈盈地望着小帅哥，腼腆陶然。

S颇似诚意地向大家道歉，说是泥石流阻了山路，所以塞车了4小时。

很俗套的托辞。大家没多言语，宽容微笑，上车。

全团11人，多是游完西藏，顺道来的尼泊尔。大家相互照面寒暄，全是中国人，却千里迢迢跑到尼泊尔相遇，真是奇怪的缘分。

视角，从喜马拉雅的北麓转到南麓。色彩，立刻用最绝决的方式了断了昨天。满窗满眼的绿色瞬间替换了冰冷凛冽的白色。茂盛的植被让我又找回了舒畅的呼吸，蠢笨的抓绒衣就此褪下，一身轻便的T恤牛仔让人愈发爽利自在。远处，屏障般青翠的峭壁上挂着一道道雪山溶水，银链般晶亮，像从天上垂挂下来的风景画。

同样悦人心目的还有奔驰的车辆，花里胡哨的车身上画着摄人心魂的美女大眼睛，车窗上挂着花花绿绿的小布帘。驾驶台前端坐着印度神像。尾灯被做成考究的心型，踩刹车时，红心一闪一闪，像快乐跳动的心脏。“心脏”下一排醒目的字：I miss your smile. But I miss my own more.这些温情暖心、颜色出挑的车辆穿梭在翠意盎然的山谷，与路边粉红、明黄、淡紫、亮蓝的民居你追我赶，好不热闹。

更热闹的是山路上款款而行的纱丽女，裙裾飘飞，姹紫嫣红。她们前额都戴着垂坠饰物，眉心点了提卡，鼻钉、耳环、项链、手环、戒指、脚镯、脚戒等一应俱全，像是把全部家当都穿戴在身上。有些女孩手上还画着树汁彩绘（heena），密密麻麻的，一直延伸到小臂，像摆动不定的艺术品。S说，她们这样极尽所能地装扮，是因为今天是提吉节（Teej），也就是尼泊尔的妇女节。三天的节日里，女人的美丽都会极致地绽放。

正沾沾自喜自己的好运气，S说：“尼泊尔是宗教之国，人口三千万，神灵三亿三千万，庙宇多如房舍，节日超过一年的天数。这里，几乎天天过节，连国王和王后过生日，全国百姓都会放假一天。

尼泊尔是高山之国，在不到15万平方公里的国土上，拥有8座8000米以上的高峰。这里，可以登山、徒步、漂流、攀岩、蹦极、跳伞……玩转所有能想到的探险游戏，还可以穿着短袖短裤欣赏世界最高峰。

尼泊尔是丛林之国，有800多种鸟，500多种蝴蝶，319种兰花。这里，可以和原始土族一块儿骑大象闲逛，泛舟与鳄鱼同行，胆子足够大的话，可以同独角犀牛跳舞，和孟加拉虎happy玩耍。

尼泊尔还是一个遗产大国，仅是加德满都谷地内，就有7处世界文化遗产。国家的历史，全都写在古老的建筑上……”

没想到，区区小国，竟然如此玄妙，听得我等一行满脸惊诧，庆幸自己明智的选择。而我的日记本，一字不落地记下S的原版说辞，词句无需润色，文采已然飞扬。

这导游，不省时，但省心！

三亿神明

其实，跟团游，也是不无好处的。

至少出门前不用做功课，出门后衣食住行万事无忧，还能安逸地坐在靠椅上听精粹的异国小故事。当然，前提是碰到一个对的导游。

坦诚地讲，S很能讲。尼泊尔妇女穿纱丽的门道、尼泊尔男人娶老婆的绝窍、各类车牌照颜色的蹊跷……每件事他都讲得滋滋有味达情传神。看他眉眼间那股子油滑顽皮的痞范儿，我愈加确信：他迟到的理由，也不过是一个故事。

好在，我是一个宽宏大量的人，看人看长处，能帮我省脑细胞搞定每日游记的人，其他毛病我概不计较。

我天生安于懒惰苦于勤奋，任何动脑的活儿都会让我心生怯意，更不要说像舞文弄墨这类吃力不讨好的事了。可此行一时兴起地开了篇，始乱终弃又不是我的修为，那就随缘，继续写吧。爬格子的事如果命中注定，避无可避，不如举着纸笔迎上去。好在，旅行和写作，放纵的都是自由的灵魂，这一点倒是我追求的。

而眼前这厮对语言的禀赋，让我的记述变得简而易行。不知是不是印度神垂怜我，特别派给我的文字助理。

印度神，在尼泊尔，不得不提。

90%的尼泊尔人信仰印度教。印度教崇拜多神，据说印度恒河里有多少粒沙子，印度教就有多少位神灵。能点得出名的就有三亿三千万零三个，其中最大的三位神简称G.O.D.——负责生（Generation）的梵天、负责住（Operation）的毗湿奴和负责灭（Destruction）的湿婆，这三位神有无数化身。他们的妻子、儿子也是神，也各有无数化身。以我的智商是不可能记住诸位“神名”了。有位大神克利须那有16000个情人，情人们是神，生下的孩子也是神。相信克大神自己都搞不清家眷多少，姓甚名谁，我就省省吧。

所有大神中，最牛气的当属湿婆。他发起飙来，逮谁灭谁，大有“诛仙斩妖”的气势，曾经还砍过创造神梵天的脑袋。怪只怪梵天好色，他创造了世界后，百无聊赖，便造出一个绝色美女欣赏。一个脑袋不够看，索性生出五个脑袋来看。众神看不过眼，派湿婆劝说梵天。结果话不投机，湿婆一刀劈下梵天的一个脑袋。梵天不知悔改，后又觊觎湿婆的妻子萨蒂的美貌，惹得湿婆雷霆大怒，差点送梵天归西。其实，萨蒂的父亲达刹是梵天之子，萨蒂也算是梵天广义上的孙女了。真不知道在神界，兴不兴辈分一说。

所以，排行第一的梵天，唯有在印度的拉贾斯坦邦的布什格尔镇被祭祀，而湿婆，有3000多个庙宇供奉他。连他的坐骑——神牛南迪(Nandi)都跟着沾光。在尼泊尔，牛不可杀，不可食，神圣不可侵犯。它们每天大摇大摆地走街串巷，困了就在路中心歇息。即便阻碍交通，司机也不敢冲它们鸣笛，而是下车、鞠躬、说好话，请它们路边阴凉下休息。要知道，在马路上开车撞死一个人，赔钱即可，撞死一头牛，必得偿命。

所以，生在尼泊尔的牛是最幸福的了。它们是真牛！

老国王的遗愿

清晨醒来。五星级酒店温软的沙发床安睡了我一夜的梦。梦里，有神灵光顾。推开阳台门，咫尺外的印度神庙敦厚地向我道早安。难怪!

一天的好心情就此奠定。下楼早餐。刚找定位子坐下，立刻有细致的服务生为我摆好餐盘，斟酌饮品，奉上精心烘焙的西点和刚出炉的烤香肠。他们脸上总有浅浅的笑，笑容里看不出卑微的逢迎，只有谦恭的热诚。他们侧立一旁，眼明心亮地注意着客人的饮料或餐食是否用完，以便及时添加。也不多加，客人叫停即止。然后，微笑着退回原位。在如此至臻的礼遇中就餐，让人很容易误会自己是名媛贵胄，所以离席时在餐盘放点小费，是再顺理成章不过的事了。

这或许是我觉得跟团游的又一好：以贫民之身份享太后之尊贵。

穷家富路的思想一向贯穿在我的旅行里。拮据的穷游纯粹是脑残，吃不好住不好那到底是去享乐还是去受罪？大部

分的地方，一辈子可能只去一次。所以，怎么样也得好山好水、好吃好住的给自己留点好回忆。

早餐后，继续新一天的行程，S继续新一天的故事：

“话说五百年前的马拉王朝，老国王弥留之际，王位继承人仍悬而未决。他决意让他的三个儿子在加德满都谷地的三座城市各修建一座广场。谁修得最气派、最特别、最漂亮，权杖就交给谁。三个儿子欣然接受了这场特别的竞赛，开始不遗余力地打造他们各自心目中的王城……

结果——

结果，皇位传给了谁已经不重要了。重要的是老国王出的题目成就了三座代表马拉王朝最高艺术成就的古城。而三城中的三个杜巴广场则被奉为尼泊尔建筑史上辉煌绝代的典范。目前，尼泊尔有八处列入世界文化遗产名录的古迹，除一处为佛祖释迦牟尼诞生地蓝毗尼之外，其他七处古迹均在加德满都谷地。

九泉之下的老国王定然是称心了，瞑目了。

他心里其实早就明白：一座建筑有时比一个王朝更容易成为历史的丰碑，更能恩泽后世，源远流长。

接下来的几天，我们将游览加德满都谷地的这三座古城：巴德岗、帕坦、加德满都。讲故事是为了帮助大家理解：为什么三座城市都有杜巴广场？因为它们就是老国王遗愿里的王宫广场。为什么三个杜巴广场都有王宫、国王柱、金门？因为三个儿子相互攀比，逞能斗富。为什么三个王宫都与神庙互为背景？因为三个儿子都希望能得到神的庇护，继承皇权，一统天下。”

闲坐巴德岗

到达巴德岗(Bhadgaon)时，这座千年古城正依偎在慵懒的斜阳里。密如蛛网的小巷半明半暗，许多人在巷口的帕提（Pati）里抱膝而坐，安静地打望街景游人，惬意等待这一天里最美的迟暮。

仅是这乌木立柱雕花的帕提，已蹭出了我心头所有的喜欢。雕刻精美的立柱支撑着屋檐，额坊上镌刻着精致的花卉、神仙、王兵、象兽……像在讲述一段远古的宗教故事。虽然看不明白，心中已生出谦卑敬仰之心。岁月的侵蚀，使一些木雕花纹略有剥落，却

不影响整体品观，反倒平添一丝沉寂的古韵，在阳光下泛着温暖和煦的光，让人一见之下，即有坐进去歇一歇的欲望。

可坐哪儿呢？展目望去，巷左巷右的帕提里都是人。他们或坐或凭或倚，早已将位置占得满满当当。

他们真是悠闲！我们千万里跑来看景，他们坐在这儿拿我们当景看。

我端起相机开始对这些“闲人”聚焦。他们毫不露怯，既不摆手遮脸回避，也没有发恼要冲过来砸我相机的意思，见惯不怪很无视我的样子坐在那，摆着各种很酷很“时光”的造型。团里的徐阿姨急速相中了一个沧桑级帅哥，凑坐在他旁边求合影。摆弄了好几个造型后问：“把我照进去了吗？”

张阿姨一边按快门，一边嗤鼻说：“照你干什么呀？我照帅哥！”

这老太真风趣。

按完照片，张阿姨问S：“今天大周三的，他们都不上班？”

S说："在尼泊尔，50岁退休。退休了没事，就在这儿天天晒太阳啰。至于年轻人也坐这儿，是因为在尼泊尔，下午四点下班，他们回家又不做饭，不如在这儿先谈谈恋爱!"

过了老半天，我听身后的徐阿姨叨咕："国内电视上说，南亚小国都生活在水深火热之中，指的就是这样的生活吗？"

顺着一溜的帕提边走边拍，一不留神便踏进了杜巴广场(Durbar Square)。本属皇室的杜巴广场与周围的街区民宅参差错落，自然而然地融为一体。广场上最惹人垂涎的是高达八米的皇宫金门(Golden Gate)，门框门面门楣门檐全是金灿灿的鎏金铜铸。主殿有五十五扇黑漆檀香木雕花窗，繁丽的纹饰让人不难想象当年工匠们是怀着怎样的虔诚，一刀一凿成就这旷世杰作。

尼泊尔人相信：世间万物，都是蒙神所赐。所以，为得到神的宠爱和庇护，历代国王在广场上修建了大量神庙。其中规模最宏大气派的是尼亚塔颇拉神庙(Nyatapola Temple)。神庙里供奉着吉祥天女，据说她能降住脾气火爆的湿婆神。尼亚塔颇拉神庙建在一个五层的正方形台基上，每层基座的台阶两边都有一对威严的石雕神祇把守着，由上而下依次是：女神、狮鹫、狮子、大象、金刚力

士，据说每层雕像的神力比下一层的高十倍。它们巍然屹立，世世代代守护着这一方城池和百姓的安宁。

所以，这儿的老百姓才能如此坦然、惬意和随性，因为，神与他们同在。广场上、寺庙前、皇宫里到处是他们闲坐的身影。他们可没把这儿当“世界文化遗产”，而是当作他们每天过日子的大客厅，那些价值连城的庙台楼宇只是他们客厅的古董摆饰而已。他们也绝不为回避游客猎奇的眼睛和镜头而挪动丁点儿位子，他们只想与本属于他们的老城静静对座，彼此守候，相依为命。

——一辈子。

时光雕琢的窗棂

如果有一天尼泊尔这个国度消逝了，只要巴德岗还在，就值得你飞越半个地球去看它。——一个英国大学问家如是说。

于是，许多旅行者慕名来到巴德岗，而他们中又有许多是特意来看那扇著名的孔雀窗。

找到它并不容易，因为它湮没在太多精美繁复的雕窗中。每一扇雕窗都造型别致、灵巧透剔，它们悬于蜿蜒逶迤的寻常巷陌，在不期然的抬头间，震慑住你，让你为之驻足、凝望、感叹，并不知不觉沉溺其中。

终于，在布加利修道院的墙上，找到它。它静静地栖息在抄椤木窗中，环开的翎羽纤毫毕现，振翅欲飞，骨感的利爪紧扣枝干。它矜持地俯瞰小巷中不断闪过的惊喜眼眸，淡定不语。

它的羽毛真让人惊异：褐色的木头，竟然雕琢出羽毛的质感。每根翎毛都清晰可辨，细腻生动，逼真得超过期许。可惜这样一只精灵却被置于小巷最不起眼的角落，孤单寂寞地开着它骄傲的屏。几百年来，它与光阴为伍，与清风作伴，吸天地日月之精华，终于，成就了今天遗世独立的优雅静美。

这时，一阵银铃般的笑声传来。一群放学归家的女学生穿着同色的蓝衣灰裙，梳着麻花小辫轻捷地走过来。她们棕黄色的肌肤泛着青春的光泽，灵透清澈的美瞳里透着浅浅的褐，骄矜含笑得像能说出话来。她们见我站在巷角不错眼地傻看她们，一定觉得有趣，纷纷冲我挥手打招呼，而我也现学现用了她们的“Namaste”回应了她们。

小巷有许多售卖木雕的小店。店内店外挂满精致的雕窗，据说这些窗每个都得花上数周甚至数月的精雕细刻。店小二们个个巧舌如簧，眉毛眼睛都会说话，不时还拍着胸脯担保，直把我们团的几个阿姨招得七颠八倒，晕得五迷三道。看着这里随随便便就上千元的一扇窗，我只有做义务翻译的份了。好在她们买得开心，我也很有成就感。

有一家店门口贴着一条醒目的自荐横幅，上书漂亮的中文小楷：我希望到中国为寺庙或个人提供巴德岗风格的雕刻服务。

“为什么要去中国？”我纳闷地问店老板。

“我想去一边卖手艺，一边学汉字。”

“汉字有什么好学的？既不好懂又不好写。”

“可中国人的智慧都藏在汉字里，”老板一本正经地说，“譬如‘盲’这个字，拆开了就是‘亡’和‘目’，是失去了眼睛，所以看不见。同样拆开‘忙’这个字，应该就是心已丢失。心都没了，一切奔波劳碌还有什么意义？所以，我想歇息歇息，去中国求学，学它的文化和汉字。”

可惜，眼下的中国人都忙，谁有功夫玩拆字去揣摩老祖宗的睿智提醒？

纳加阔特，落日流金

“纳加阔特（Nagarkot），是加德满都谷地观赏喜马拉雅山视角最佳的地方。如果运气好，遇上能见度高的天气，能看到一字排开的8座海拔8000米以上的山峰。如果愿意早起，大家可以在日出中寻找喜马拉雅……”

这是S的原话，听着，便让人神怡无比。

早上5:00起床，站在房间的露台上，等待宏伟的日出和喜马拉雅。酒店位于山巅，而我的房间正好又在酒店的最高层，站在露台上可360度全画幅眺望四野。只可惜，放眼四望，白雾茫茫，一米之外虚飘飘的一片，视觉的世界仿若创世之初，除了滔滔的雾，剩下的一切都归尽于无形。

下楼早餐，同伴们一边啃着香喷喷的烤鸡腿和烤面包，一边抱怨着弥天大雾。可他们埋头大嚼的饕餮和陶然，并不似他们口述的那么怅然若失。S则一脸平和地呷着咖啡，品着西点，专注地看报纸。我走到他面前没好气地问：“你说的8座雪峰在哪儿？日出在哪儿？在云里雾里吗？”

他抬起脸，露出一个梦幻的微笑，幽幽地说：“你站在露台时，就没假装一下自己正站在云端，像个仙女在飘？”

“我没你那么多假装、假设，一肚子假话。”

S也不怒，反倒流露一丝不易察觉的笑：“我说的都是假话，你干嘛圣旨一样都记在小本上？”

我木偶在桌前，脸像被燃碳烤着了一般，一阵灼热。S见我哑口无言，愈发显出得意之色，“刚刚收到公司通知，从纳加阔特到帕坦的路因泥石流被堵，我们今天暂且停留纳加阔特。正好是个机会。在纳加阔特，雪峰的日出和日落是上天赐予的礼物，这礼物每天只派一次。所以，如果你早上没领到，晚上一定有。”

早餐后自由活动。纳加阔特很小，小到S放心把我们撒出去，而不担心我们找不到回来的路。纳加阔特也很友好。与当地人擦肩而过，总能看到对方的笑容，黑黑的笑脸上绽开一口洁白的牙齿。他们手里多捧着一片清新的树叶，上面放着米粒、花瓣、钱币，去寺庙拜神。每念诵完一段经文，他们会轻轻拉动一下铜铃，轻泠泠的铜铃声便会将他们虔诚的心愿带向天空，带到天上的神殿里……

拜访完寺庙，再溜进沿街的小店，看有没有可买的小商品。店里的东西真是少之又少，店主都是一副敦厚慈和的笑，站在窘陋的小店里，没有讨好的殷勤，只有一份与物质无关的从容温文。

这样，把小镇走了一遍又一遍，把路边的茶座喝了一家又一家。时间，和我一块儿，在这里轻轻溜达。

路过一家酒吧时，遇到正凭桌发呆的贝贝。看见我来，她立

刻兴匆匆要了两瓶啤酒，与我对酌。

贝贝和我同住一房。清爽短发，不修边幅，有点男孩气质，端酒杯时更有股洒脱劲在里头。白天她多半温和安静，夜晚就来神了，像被“打了鸡血”般用她的大屏手机wifi看王珞丹的电影。然后浸淫其中，痴狂到三更半夜才胡乱睡去。次日起床，她总能挂着两个黑眼圈摇头晃脑地给我朗诵一段电影里的经典台词。原来她是个丹磁。

此刻，她却有点神不守舍，摇晃着酒杯说：“在国内，每天似拧紧的发条般工作，恨不得能分身术；在这里，却一坐一天无所事事。真有点不习惯啊，但是，真—舒—服！”

我们回宾馆时，正赶上日落。

那落日似一枚橘色的鸭蛋黄，它用金晖将云层一道道涂红，涂黄，涂橙，涂得五光十色。连绵的雪峰瞬间被点石成金，闪耀着令人心醉的金色光芒。这时的上苍是一位才华横溢的艺术家，当它展示自己的作品时，人类只能沉默不语。当它尽兴后，渐渐收拢最后一丝光线，天地瞬时安详。

我站在房间的露台上，用虔诚的目光收取礼物，心无纤尘。

中世纪的默片

清晨，出发去帕坦（Patan）。无端在纳加阔特多呆了一天，大家全无怨言，知道这里的时钟走得比别处慢，所以调整了心态和步伐，以适应这个袖珍小国的微懒小生活。

帕坦，是一座充满悲情色彩的古城。

想当年，年迈的国王因为儿子的早夭肝肠寸断，无意王权。他将权杖交与大臣，带着31个后妃隐居乡间。即便如此，还是遭人毒杀。临死前他对大臣说："只要我雕像上的神鸟不飞走，我就还活在尼泊尔。"国王去世后，他的后妃全部自焚殉葬。

人生如戏，王室的舞台剧自古以来都是以悲凄凋零落幕。

如今，各种肤色的人们站在帕坦的杜巴广场，翘首凝望石柱上的老国王，中世纪的那幕悲剧仿佛在他们的凝望中帧帧重现。

贝贝皱着脸不可思议地问："为什么31个王妃要自焚？"

S说："古印度有丈夫死后妻子自焚殉葬的习俗，它是以湿婆的妻子萨蒂（Saati）命名的，典故来自印度史诗《罗摩衍那》。萨蒂是梵天之子达刹的女儿，她对湿婆一往情深，并费尽心机嫁给了湿婆。可达刹对这个女婿并不感冒，女婿也没把岳父大人放眼里。众神聚会时，湿婆从不给达刹行礼，让达刹很下不来台。一次，达刹组织盛大庆典，三界的神祇都邀请了，唯独不请湿婆。萨蒂觉得老爸不地道，跑到祭典现场理论，反倒让达刹当着众神的面羞辱了湿婆。这萨蒂是个烈女，一气之下，就在众神面前自焚了。”

“后来呢？”大家都瞪大眼睛等下文。

“后来，湿婆知道妻子为他而死，心里怒啊。冲去把现场的神仙杀了一半，还把达刹的首级割下来。再后来，湿婆觉得这世上最爱他的人已去了，万念俱灰，便去了喜马拉雅山开始漫长的苦修，用身体的痛苦来换取心灵的解脱。印度教的苦修由此而来。”

大家点头，似乎明白了湿婆为何在印度教里举足轻重。这个世界上，从来都是浑身带刺的人才能留下些痕迹。

帕坦的年岁较巴德岗老。砖红色基调的广场，暗亮里韵透着中世纪的厚重和稳成。三座带庭院的宫殿并排而立，一些塔式神庙点缀其间。神庙大大小小十来座，形制风格迥异，距离王宫也远近不一，仿佛是修造时的随意而为，但其实每座神庙的主入口和台阶都正对王宫，极其讲究。因为经过时光的雕琢，这里随意一幢老宅、老庙、老宫殿，都经历了千百年的岁月，就连脚底的砖、屋檐的瓦、路边的小水池也都沉淀着古老光阴的印记。

说到水池，桑德利庭院里的一款颇让人神迷。它是旧时候国王和王妃们沐浴用的一个露天水池。水池四五平米大，两米来深，琉璃瓦的出水口，铜铸的水龙头，池壁两侧镶嵌着86块石雕神像。一个澡池供奉如此多的神祇，想必国王有他的心虚

之处吧？所谓水满则溢，月盈则亏，这王宫后院的夜夜笙箫、奢靡享乐也终不会长久吧？国王的担心终究成谶，他最后也不落俗套地落了个凄凄惨惨的结局。所以啊，人生还是稍留些缺欠的好，凡事盼望着，想念着，日子会过得踏实而持久。

广场另一头的克沙纳拉庭院，如今已被辟为帕坦博物馆。它正对杜巴广场的立面有一扇三联窗，两侧的窗棂为精致木雕，中间的一扇鎏金铜铸，这就是著名的金窗了。过去，这扇窗仅供国王观望广场时用，现在，偶尔会为旅游者打开。

站在庭院的三层，凭窗而望，广场上行来往去的当地人好像永远都那么从容闲懒，从岁月的一端悄然而来，漫步于老城悠缓的时光里，在透明的清风中默然而去……像上映的一部中世纪默片，让人看着有一种身处太平盛世的幸福感。曾经王公显贵的悲喜剧，如今已幻化成广场上空几朵绛红色的云，瑰丽梦幻却飘飞易逝，恒定久远的永远只是平常老百姓的寻常小幸福。

众神之都

到加德满都（Kathmandu）这天，正赶上全城闹罢工。心里一阵迷糊：如此安逸小国也会有心情不好的时候？

S说，因为尼泊尔的物价涨，工资不涨！

原来，全世界都得了同一种病。

好在尼泊尔人的罢工很斯文。没有喇叭叫嚣，没有示威冲突，参与罢工的民众只是举着横幅或旗帜，安静地表达诉求。罢工是事先预约过的，所以政府出动了大量警察维持秩序，梳理交通。警察个个高鼻深目，帅气威猛，套上迷彩军服皮靴，简直就是街头靓景。有一个酷帅的警察上车验证，黑眼眶，大眼睛，两盏灯似地镶嵌在他轮廓有致的脸上。痴痴傻傻间，我竟给他敬了个军礼，以至于他下车时还了我一闪着迷惑的惊鸿一瞥，让我激动了整个上午。

终于，见到了第三个杜巴广场。它的代表作是一座由一棵大树建成的独木寺。独木寺是十一世纪的古董，有文献说它是湿婆神庙，又有学者认为它曾是市政厅或集会的场所，莫衷一是。但有一样可以肯定的，它现在是加德满都的标志性景观，名符其实的国之名片。

独木寺三层，有四根七米上粗下细的柱子，据说谁能爬上立柱，幸福和运气就会降临。可我等一行没一个属猴的，所有人只能围着这根神柱又转又蹭地干着急。

立柱旁有一个小神龛，当地人在祈福前，会先敲响神龛门前的铃铛，再俯首触额地膜拜，礼毕后给自己的额头点一颗鲜红的提卡。顶着提卡再走出寺庙时，满脸的欣然，俨然是已获得神祇赐予的力量了。

加德满都是一个拜神敬佛的极佳去处，这里无处不在的神塔寺庙与民居挤挤挨挨，共济一堂。与神祇做邻居，大概是最虔诚的宗教信仰了。

有一个供奉象神的寺庙里面雕刻着《罗摩衍那》的故事，颇有意趣。象神是湿婆和帕瓦蒂女神的儿子。湿婆外出修行，把老婆和孩子留在家中。20年后回家，见老婆帕瓦蒂和一个男人躺在床上，顿时雷霆大怒，手起刀落，砍下那男人的脑袋。老婆崩溃，说他砍的是自己的儿子。湿婆傻眼，一着急，顺手又砍下一头路过大象的头，安在自个儿子身上。于是，湿婆的儿子就变成了一张大象脸。好在这副全新造型，被人们喜而乐见，觉着它硕大的脑袋代表多思考，小嘴巴代表少说话，大耳朵代表倾听，长鼻子代表隐藏的力量。如此一个外貌讨喜、内涵丰富的宝贝遂被尊奉为智慧之神和幸运之神，象头神庙理所当然也就成了信徒心中崇信的所在。

再说这帕瓦蒂，其实就是萨蒂的投胎转世，重生后成了喜马拉雅山神之女。因为前世的姻缘，她还想再嫁给他。可湿婆沉迷于苦修，对女人不感兴趣。一往情深的帕瓦蒂痴心不改，决意也去苦修，这一修就是三千年。一日，被一年轻的婆罗门嘲笑，说她在浪费青春。帕瓦蒂坦言，无论湿婆怎样待她，她都爱他。须臾，只听一声雷鸣，那个婆罗门消失了，站在帕瓦蒂面前的却是微笑的湿婆。湿婆拉住她的手，说了一句顶顶浪漫的话："从今天起，我就是你用苦行买下的奴隶。"再后来，和所有的童话故事一样，"王子"和"公主"幸福地生活在一起。

同伴们听得痴迷，一会儿涌进象头神庙里摸象神的鼻子耳朵嘴，一会儿又鱼贯入湿婆—帕瓦蒂神庙仰慕那对神仙伴侣。我边跟着凑趣，边觉着好笑：敢情这趟加德满都，就是看神庙，听故事。这些故事编得也离奇，湿婆不把砍下的儿子脑袋直接装上还原，而是颇费周折地用个大象脑袋替而换之？百思不得其解，却也不敢问，怕天界的湿婆听见大怒，说我怀疑他的智商。这里，神灵三亿三，人口三千万，平均十个神盯一个人，说话做事都得留神！

拜完寺庙，再去参观王宫。宫殿建筑群围绕着诸多庭院：穆尔庭院、特里苏庭院、纳萨尔庭院、库玛丽庭院……它们均与神庙互为背景，但在规模和高度上却以神庙为主导，处处显露自己的谦卑。这一点也好理解：国王是世代交替的，神是永世长存的，只要人们的信仰在，神就永远凌驾于王之上。国王也乐见于此，在期望得到神的庇护同时，借助神来维护自己的统治。

这里相衔相接的宫殿、神庙、民居完全倾覆了我对“世界文化遗产”一贯的严肃、凝重的印象，也不像是一个以政治、经济、文化为中心的首都。它更像个摆满老古董的市场，无论身处何处，眺望哪个方向，都能看到活色生香的市井百态。最令人羡慕的永远是那些闲坐广场的当地人，靠坐在千百年前的古迹上，聊着昨天今天的琐碎事。他们身旁是铺满一地的乌鸦、肥鸽、黄牛，原住民似地占据着广场上阳光最灿烂的地方，对我们这些匆匆路过的凡界俗人不屑一顾。因为它们是“神鸟”和“国兽”，它们全都高人一等。

转塔，转世界

尼泊尔，只是弹丸小国，首都也就大得有限，景点与景点间更是抬脚即到。

逛完杜巴广场，本该顺道看库玛丽庭院，S却建议先去博达哈大佛塔，下午四点再折回库玛丽庭院，因为那时更有精彩呈现。

穿过人车汹涌的大街，走到一扇不起眼的大门前。抬望眼，一座峥嵘轩峻的佛塔默然静立在万丈红尘之中，让人瞬间有出尘离世之感，它就是博达哈大佛塔了。据说是目前世界上最大的“覆钵体”半圆形佛塔。垒叠三层的台基上，一个半圆体塔身，像一枚倒扣的大金钵，憨憨地墩在阳光下，有不可言说的泰然。金钵上方是一个方形须弥座，四面各绘有一双佛眼，犀利神异，据说法力无边。再上面是相轮，十三层，一层一层向上收拢，收到最高是一个锥形金顶，峭指蓝天，金光熠熠。无数经幡从天而降，在微风中招展着五颜六色。

转塔礼佛的人好多都是东方面孔，据说他们是迁徙而来的藏人后裔。他们一边旋转经筒，一边念念有词，听不真切，猜想是“唵嘛呢叭咪吽”六字真言，抑或尼语版。有一个十七八的粉红尼姑特别显眼，粉面朱唇，清纯羞涩，肤色白皙得吹弹可破，容貌似仙女落凡尘。我趋前两步问她，哪国人？答：Myanmar.我在脑海中急迅搜索这个单词，没有，不死心再问：“Myanmar在什么地方？”粉红尼姑忍着笑答：“在印度和中国之间。”我在脑海中再度搜索，可地图又没学精，仍不知是哪国，正尴尬地望着尼姑笑，同团的付姐从我们身边飘然而过，在风中留下一个单词：“缅甸。”

啊！Myanmar 是缅甸。

念诵着Myanmar，绕塔一周。佛塔的西南角有一佛教庙宇，好莱坞著名电影《小活佛》曾在此取景。殿堂里有原汁原味的堆绣、壁画、彩幡、一排排长明的酥油灯、百年前的经卷，以及各类法器，在香烟缭绕中，肃穆之感油然而生。经堂里，喇嘛们正在读书，藏文的，斗大的字，一个不识。惟其不识，更觉高深神秘。殿堂里佛像、功德箱密布，漫步其间，见佛就拜，见箱就捐。真希望我的虔诚佛都能看见，真希望佛能在我的空脑袋里多装些单词！

从殿堂出来，转经道外是一圈林立的小店，摆着各色小玩意：唐卡、铁艺、帕西米那及各类小饰品。价格低廉，品质精良，生意自然极好。可再好，也没有一家漫天叫价，均不紧不慢在计算器上敲出一个小数字，然后眼神清亮地静视着你。中国人信“举头三尺有神明”，可这儿给人的感觉是神就在你身边，触手可及。所以商家们明心见性，童叟无欺，让我不费口舌就买下一堆零碎的小东西，正欲离开，看见跨门而入的付姐，赶忙迎上前让自己八卦的心得以释放：“付姐去过缅甸吧？”

她悠悠一笑。

“付姐还去过哪些国家啊？”

她思忖了会儿，为难地说：“怎么回答你呢，有一百多个国家呢！”

我呆木了良久，然后向付姐深鞠一躬，收起八卦之心，离开。

库玛丽的寂寞

下午四时整，当库玛丽（Kumari）出现在精美的窗棂前时，我的心头一颤。

那是一个只有六岁的女孩，妆容精致，穿戴繁复，一张与她年龄极不相符的端凝的脸，呈现着无上尊严。她的面无表情是被“定制”的，她的每一个眼神，每一个动作都被认为是神的旨意。窗棂中静止的她，只是一尊会呼吸的雕塑。

小女神默然站立，供她的臣民和游客们瞻仰叩拜。而她似乎疲于凝视眼皮下的芸芸俗众。或许每天在规定时间、固定地点供人朝拜，她已然麻木。抑或许，她知道自己是神的化身，至高无上。她只是把眼风放得高高的，让它穿过屋脊，越过神殿，去捕捉天空中飞鸟自由的痕迹。

她是保护王权及王室命运的神灵，也是世界上唯一以真身敬奉着的活女神。

如此的圣洁尊贵，以至于给她拍照被视为亵渎，而被禁止。所有游人只是仰头默立，在心里细细比照真人版与传说版的出入。传说中，库玛丽的身体完美无瑕，眼睛和头发乌黑发亮，颈项如海螺壳般光滑，身体像菩提树般挺拔，腿如梅花鹿般笔直，说话声如鸭子般响亮……可眼前这位未成形的女孩，被华丽的神服包裹着，哪里辨得出所以然。好吧，神，在人面前总得保留一丝神秘供人揣想。

库玛丽的选拔有点类似藏传佛教中寻找转世灵童。候选人必须是尼瓦尔族的释迦种姓，不曾受过伤，流过血，身上没有任何瑕疵，星座与国王吻合，并具备32个体貌特征的四五岁的女童。最后的角逐是把候选的女童们关在庙中的大殿，殿内放满血淋淋的牛头、阴森森的骷髅，还有戴恐怖面具的突然出现的“恶魔”。如果女孩从始至终都面无惧色，她便是库玛丽的转世了。女孩从被选中的那天起，便迁入库玛丽庭院。从此，开始了她远离俗世，被敬奉为神的命运。

因为她是无所不知的神，所以不会接受任何教育；因为她终日束之高阁，所以不可能与同龄孩子玩耍；因为她是处子圣洁的象征，所以双脚不可触地，除了节日庆典巡游，她不能走出神庙。

这就是女神的童年。

一直到她来月经，或者在来月经前意外受伤流血，她的女神生涯便告终结，新一任库玛丽取而代之。脱离女神身份的女孩，由于被人认为命“硬”克夫，多是孤身终老。现今尚在世的八名前女神，有七位独身。

忽地，一群乌鸦从窗台飞起。眨眼间，库玛丽已被她父亲抱走了。我依旧伫立瞻望，面对那扇无比精致却无比寂寞的窗棂。不知是该羡慕女神的短暂荣耀，还是遗憾光环退却后，她孤独而凄寥的悠长岁月？

都是美猴王

心有余悸地从库玛丽庭院出来，还没缓过神，又撞到了神猴哈努曼。

他巍然伫立在哈努曼多卡宫门口一个两米高的石墩上，身批猩红色长斗篷，足蹬金丝皂鞋，面部被鲜花覆盖，一身隐者的威武打扮。

哈努曼多卡宫是历代马拉国王的正式宫邸。从15~18世纪，经过不断修葺扩建，如今已成为拥有三十五座庭院和数十栋殿堂楼宇的庞大建筑群。它是举行国王加冕礼、生日庆典及重大宗教活动的地方。如此神圣之处，自然要请神灵佑护，于是在宫门左侧便有了这尊巨型的哈努曼神像。

S笑说："这位神猴可是你们中国孙悟空的原型！吴承恩是读《罗摩衍那》长大的。他的《西游记》和《罗摩衍那》一脉相承，而他的孙悟空也有着哈努曼的血缘。"

"谬论！孙悟空明明是从石头缝里蹦出来的猴子，天地所生，哪有什么血缘？"一向稳沉笃定的刘局飚出话来。

S怔了一下，转颜笑道："虽然两只猴子很相似，吴承恩还是下了很大的功夫使悟空更加中国化。至少，孙悟空比哈努曼要风趣机智，惹人喜爱，不像眼前这位哈努曼，终年蒙面，故作神秘。”他如是说，想是怕我们一群中国人脸上下不来，所以转了一个弯，将话题软着陆。

回宾馆的路上，大家仍在纠结孙悟空的出身。可惜不能玩穿越，否则他们那股子拧巴劲，真能穿回去，抽一管孙大圣的血，验其正身。

S聪明地在副驾上假寐。他知道有民族感情的成分，即便他引经据典，怕也舌战不了群儒。只有我脑残，不识趣地冒一句："季羡林先生好像也认为孙悟空由哈努曼而来。"

这句话刚出口，我就立刻后悔了。所有人齐刷刷地望向我，那眼神嗖嗖能放出毒箭。

"你凭什么认为季先生这么认为？"子于勃然作色道。

"季先生翻译的《罗摩衍那》。"

"你读过《罗摩衍那》？"子于不依不饶。

"读过。"我声量很低，却惊醒了S，他激灵一下坐起身，回头看我一眼，瞳孔里亮了一丝讶异。

"你没事儿读什么《罗摩衍那》？"子于一副吃了毒药的表情。

车内十双眼睛集体望向我，坐在最前排的贝贝，索性移至我身旁的空座。她用微笑鼓励我，让我有硬着头皮说下去的勇气。

"有一次闲极无聊读季先生的《牛棚杂忆》，里面言及他译《罗摩衍那》的背景。'文革'中他在北大守门房，每天无聊至极，于是决定翻译深奥艰涩的《罗摩衍那》。可身为'反革

命分子'的他又不敢公然把书带到门房，于是每晚在家将梵文译成白话文，抄在纸片上，白天上班时，再推敲琢磨成诗。一个身上被'革命'小将踏了一千只脚，可能'永世不得翻身'的老人，在厄境中仍没丢掉信仰，他这段人生境遇特打动我。我开始刻意去找他的书读。在《季羡林谈佛》中他着有一文：《西游记与罗摩衍那》。文中最后一句是：'我一直到今天还不明白，为什么孙行者就不能是《罗摩衍那》中神猴哈努曼的化身？'

这话让我想起曾在古纸旧闻中读过一则关于'孙悟空国籍'的论辩文章。论战双方的主将都鼎鼎大名。甲方胡适先生认为孙悟空的原型来自印度，乙方鲁迅先生则坚决捍卫孙悟空的本土属性。看来，孙悟空的身世真是存疑的。我决意读一读《罗摩衍那》，寻个究竟。

《罗摩衍那》是印度最古老最伟大的史诗。这本书之于印度，约等于《诗经》加《论语》之于中国。八大本梵文原著，八万多诗行，译这套煌煌巨作，季先生足足忙活了十年。罗摩衍那，意思是‘罗摩的历险经历’。讲述的是阿逾陀国王子罗摩和他妻子悉多的故事。书中的神猴哈努曼能腾云驾雾，斩妖除魔，随心变化。他善良博爱、刚正不阿，非常之‘孙悟空’。而《西游记》中，孙悟空打败妖怪救出王后的故事与哈努曼带领着众猴打败恶魔拉夫那解救罗摩妻子悉多的故事也如出一辙，非常之‘哈努曼’。

所以，《西游记》与《罗摩衍那》的渊源，白纸黑字，读了便知。其实哈努曼和孙悟空孰先孰后，有什么关系？他们出现在不同的国家，经历着不同的时代，属于不同的民族和不同的文化。的确，有时候他们就像是同一个人，那是因为所有的不同都无法抵挡一个基本的共同之处：英雄。人们对英雄的想象和理解，会打破所有不同的界限，会让人从一个英雄的形象里看到另一个英雄的影子。所以，干嘛去追究他们的宗谱血缘？能站在各自文化的神坛上，几千年地受人喜爱和尊崇，成为不朽，这才是最重要的。”

说到这，子于笑了，大家笑了。

我如释重负。

天堂的入口

傍晚，跟着S去了帕斯帕提纳神庙（Pashpatinath）。

只是缘于他独自溜出宾馆大门时，我追问了一句“你去哪？”而他念及我为哈努曼破费的口水，勉强答应捎带上我。

帕斯帕提纳神庙是一个玄妙诡幻的地方。尤其是晚上，天光收拢，游人散尽，只剩下巴格马蒂河畔火葬台上的几簇熊熊火光与河水交相辉映。燃烧的烟雾缭绕在墨蓝的夜空，像亡者飞天时眷恋徘徊的魂灵。

火葬台上架了柴薪，柴薪上是用黄缎包裹的尸体，上面撒满橘色的金盏菊和鲜红的蒂卡粉。火从尸体的舌尖燃起（舌头被印度教认定为万恶之源），慢慢延及全身。一旁站立的亲属没有呼天抢地的哀恸，他们不悲不喜，平静释然。

尼泊尔人相信，一个魂灵有8400万次生命。每经过一次轮回就会提升一个层次。因此死亡是另一种新生，离别是为了以另一种方式重逢。人们不惧怕死亡，只怕无穷无尽的轮回之苦。如果死后骨灰能投入他们视为圣河的巴格马蒂河，便可在生死轮回中得以解脱，去往天堂。

巴格马蒂河边的十一座火葬台，每天不间断地上演着当地人生命中的最后一个仪式——火葬。无数亡者的魂灵也就因此都汇聚在此。这使巴格马蒂河在夜晚显得尤为恐怖、阴森，仿佛到处飘荡着幽灵。苦行僧们神出鬼没，或在巴格马蒂河边看大火中的涅盘，或在神庙的高空倾听梵音，再或者溜到佛塔吸食一口大麻。

河流的两岸散布着大大小小几十座佛塔，它们方座尖顶，三五米高，规整地林立在黑暗中，影影绰绰。佛塔里住着苦行僧，一塔一僧。他们吸食大麻，据说是为了利于冥想，与神交流。行走在鬼幻森森的塔林，冷不丁从黑洞洞的塔内探出个白脸裸身的苦行僧，伸手向我讨钱。幸好S早有准备，递给他一些零碎的尼币，而一旁魂飞魄散的我，早已吓得手脚冰凉，思维停滞。

千绕百转后，登上帕斯帕提纳神庙对岸的天台。此时，夜色沉沉，人迹寥寥。辉煌的神庙灯光璀璨，给他的信众们照亮着天堂入口。神庙的阶梯下停放着一具尸体，正等待巴格马蒂河的圣水涤荡他苦难的今生，带他去来世的天堂……

更远处，火葬台上蓝烟袅袅，仿若灵魂撇下扰烦人世的一切飘然而去，只有昏黄的巴格马蒂河水倒影着火光，在静静流逝的时间长河里把人们今生的苦难沉淀埋葬。S喃喃念出一段印度教密语：无论你遇见谁，他都是对的人；无论发生什么事，那都是唯一会发生的事；不管事情开始于哪个时刻，都是对的时刻；已经结束的，已经结束了。

夜祭

原以为巴格马蒂河的夜晚总是静寂的，却忽然听见了祭司的铜铃声，如一阵连续不断的清风顺着河道吹来。河岸最高处的祭台上亮起的聚光灯晕红了夜。信众走向祭台边的石阶，席地而坐。他们捧着青烟袅绕的花灯，肃穆虔诚地等待一场源自远古的祭典。

巴格马蒂河的夜祭每晚七点开始，祭台正对帕斯帕提纳神庙。夜祭不需要祭品，只需要虔诚。附近的印度教信徒们会来到这里为自己和亲人祈福，他们渴望死，渴望重生；渴望梵，渴望人梵合一。

夜祭的铃声越响越急，在穿云裂帛中，三个身穿金红教袍的婆罗门祭司高举圣火，在信徒们祈望的目光下，迈着庄正顿挫的步伐缓缓走向祭台。他们是人与神沟通的媒介，是让神临幸舞蹈的介质。他们向东西南北四个方向舞动着海螺、掸须、铜铃、银灯、雀羽等法器，以祭拜宇宙的五个元素（five Mahabhutas）:土、火、水、空气和以太（Ether）。每个元素对应一个篇章，每个篇章伴随乐师的鼓声和琴声袅袅铺开。年长的首席祭司高唱祭河圣曲，身后的信徒们也一起和唱着。祭台上熏香四起，置身其中的祭司们威仪俨然，如神灵降抵。

仪式高潮处，所有信徒面河而立，挥舞双臂，合唱着动听的挽歌。悠扬的乐声、空灵的偈语交织在巴格马蒂河上空。好些白眉皓首的老人对着年轻的婆罗门跪拜磕头，触碰婆罗门接触过的法器，来祈求好运。最后，他们鱼贯走下河边的阶梯，将祭司赐予的花瓣洒入河中，双手合十地祈祷，然后掬一捧河水洒在头上、身上，或是直接喝掉。在他们凝神祷告的片刻，闪烁着圣洁光波的巴格马蒂河从他们的眼睛里流过，承载着无限期盼。

整个祭祀过程，S都身体正直，神色肃穆，有种着魔般的静默。他陪我放完花灯后，定定地说，今生最大的愿望，就是有朝一日成为帕斯帕提纳神庙的最高住持。

这不是幻听吧？因为实在无法把这个充满邪魅气质的家伙与一本正经的神职人员勾连到一块儿。我问，如何才能做到住持的位置？

S说，古代印度教经书多为梵文，他打算明年去德国学习梵语，学成归国后，致力于古代印度教经书的研究。他说他终将成为这门宗教的权威泰斗，让全世界印度教徒膜拜于他的面前。

言语间，他的眼神一扫往日的纨绔和不羁，端凝的目光中透着坚定和笃信。我仿佛听到一个声音从帕斯帕提纳神庙的布道坛上传来，S站在高高的圣坛上，用梵天的语言传经布道，话语铿锵有力，字字珠玑，那手势、那神态，像圣教中的先知……

其实，帕斯帕提纳神庙是包含在我们此次的游程中的，就在第二天的上午。正好，再去看看它在青天白日下的样子，是怎么个了不起和不寻常。

一路上，S还是一如既往的油滑顽皮。雨人问，尼泊尔怎么每天早上下雨？S说，因为你姓雨，你把雨季带到尼泊尔来了。荷香抱怨尼泊尔的雾挡着了珠峰，S掏出两张明信片说："这个是珠峰，这个是鱼尾峰，没有雾，看得清楚吧！"

车进入帕斯帕提纳，一路戏谑的他突然安静了，灵动的眼神也开始变得专注和虔诚。

帕斯帕提纳神庙是尼泊尔最大、最古老的湿婆神庙。此刻，它伫立在薄薄的暮霭中，偶尔几缕阳光穿透云层洒在庙顶的重檐金顶，折射着威严神圣的光辉。三进式纯银大门轻掩着，门上雕刻的诸多神祇静静凝视着我。只可惜，神庙禁止非印度教徒进入，我只好眼巴巴地站在殿外冥想里面的光景。让人心理平衡的是，S也只能在外殿敬神，他说只有住持和祭司才能入内殿祈祷。

多了不起的地方啊！难怪尼泊尔国王发布文告时，通常会用同样的结束语：“让帕斯帕提纳神庙赐予我们幸福！”

帕斯帕提纳神庙有一道特别的风景——苦行僧。

他们清一色的半裸，形销骨立，皮松肉坠，典型瘾君子的身形。长发盘顶，须髯打结，脸上浓抹着各种图腾，据说代表着不同的流派。我企图找出昨晚向我索要烟钱、差点吓得我半死的那位僧者，可眼前，阳光下，这几位个个性宽言寡，低眉顺眼，一幅大慈大悲的模样，哪里找得出丁点儿让人悚然的影子。

苦行僧在尼泊尔被称为Baba，他们被看成是来凡尘普度众生的“神的使者”。他们摒弃欲望，放弃尘世间的钱财和享乐，将自己折磨成“空”，流浪于世间，靠施舍过活。他们忍受了许多非常人的痛苦，诸如绝食、睡钉床、走燃炭、倒吊绳立……他们相信今生遭受越多的苦难，就能赎还越多的罪孽。于是乎，他们将吃苦作为毕生的修行。

尼泊尔法律网开一面，允许苦行僧吸食大麻，以助他们激发幻想、打通冥悟之门的通道。这种看似服务于宗教的规约，却带给苦行僧莫大的身体摧残，他们因此丧失了性能力，只能借助大麻让思想在虚无中冲动，在幻境中销魂。

他们无时无刻不在冥想，不在折磨自己。他们籍用身体的痛苦来换取心灵的解脱，以求得到神谕和真经，早日摆脱无尽的轮回之苦。

苦行僧中有穷人、中产阶级，也有世袭贵族。他们在修行顿悟后便散尽钱财远离亲人开始苦行。他们不杀生，不说谎，不性交，除了一只碗，几乎一无所有。但我相信，他们每一位都有一段属于自己的旷世传奇，并终将在跋涉尘世的苦行和冥想中超越时空，超越物质，超越自己……

虽然我不怎么相信前生来世，但他们若能从冥想中偷安定，于痛苦中窃欢愉，在瞬间度永恒，那么人生就短也长、苦也甜，舍去的，也都有了报偿。

活着，慢慢看风景

从加德满都到奇特旺，160公里。

区区里程，中国人都会不屑，无非就是一小时的高铁或高速。可在尼泊尔，这点儿路要耗上一天。

尼泊尔没有火车，也无高速，只有一条国道。如果遇到塞车，只能把自己也塞进去，因为没有退路。

路的一边是悬崖峭壁，一边是奔腾的翠苏里河（Trisuli River）。一路上都是“之”字形弯道，没有红绿灯和凸透镜，每一个急弯，汽车都得鸣笛。路边常有骇人的路牌跳出来，上面标识着一辆翻身落河的轿车。不难想见这段河床下积攒了多少汽车残骸。曾有一辆载着尼泊尔正副总统的轿车，在视察的途中掉进河里，再没起来，有公路边矗立着他们的雕像为证。

天像是被谁捅了个窟窿，雨没完没了地下。山崖上有接连不断的落石飞下，有时飞下的不仅是石头，而是呼啦啦半座山。眼盯着头顶的危危坠石，心里还惦记着脚下坍塌的路基。本就刚够一辆车走过的道，突然就坍塌一大块，半个车轮只能悬空飞过。每每至此，头心发麻，脚心也发麻，恐惧在车厢里蔓延，让人无处循逃。

只有命悬一线时，才明白：活着，真美好！

前面的路又塞上了，绵延几公里，长龙不见首尾。正好，让惊魂未定的心稍事休息。这条路，已见过太多生死轮回。它知道，人呢，就是来来往往匆匆忙忙一场。所以，看见埋头疾走、脚步虚浮的，就堵他一堵，让他停一停，多看看路边美丽的风景。

尼泊尔人也都会意，所以每天在这条道上一搁几小时，不生气、不抱怨，连起码的按喇叭、插队都没有，没人关心为什么堵车、还要堵多久，一副事不关己的态势。有司机干脆在路边屋檐下摆摊下棋，乘客们也趁机下车舒络筋骨，或者在路边小店买一杯马萨拉奶茶（Masala Tea），端着杯子慢悠悠地喝着，说话、打望……斯文程度为国内堵车史上前所未有。

我坐在车内看得好生羡慕，正欲掏出日记本记上两笔，张阿姨让我帮她翻译数码相机上的英文，我义不容辞。一会儿，徐阿姨也凑过来叫我替她调相机设置。张阿姨撇嘴损她："不会玩相机，就该待在家里，出来害别人！"

徐阿姨反应也快："呵呵，向你学的，向你学的！"

侍弄好两台相机，我随口说："徐阿姨脾气真好。"

徐阿姨莞尔一笑："那还不是生活磨出来的，"她看着车窗外无边无际的雨，思路回到很远的从前，"我和张阿姨是上世纪60年代北师大物理系的同学。大二那年开始'文化大革命'。张阿姨是又红又专的工人出生，而我父亲是土豪，一妻四妾，我是四老婆所生。那时，北京高校是'革命'的重点，而我是学校'革命'的重点。被抄家，被批斗，被脖子上挂大牌子游街，被打得头破血流。昔日的同学对我是百口嘲谤，万目睚眦，恨不能置我于死地而后快。有个同桌为了与我划清界限，让我站在夏日正午的学校操场上，盯着太阳，不许眨眼，否则就拳打脚踢。若不是张阿姨给我偷送的眼药水，我的眼睛恐怕早瞎了。那时，所有人都瘟疫似的避着我，只有张阿姨，晚上悄悄溜到校礼堂，给面壁思过的我送两个馒头，嘱咐我一定要活着！十年浩劫，我那个大家庭没活下来几个人。好几次我也坚持不住，打算'自绝于人民'了，可想到晚上张阿姨要给我送馒头来，只好一咬牙没去见上帝。

我现在有一对儿女，儿子在美国，女儿在加拿大，七个孙子。去年春节都回北京团年了，一大家子热闹得像我小时候过的年。当时就想：幸好，活着！"

言及至此，窗外的雨停了，窗内的两个老太却泪如雨下。

到达奇特旺，已暮色沉沉。一百多公里路跑了九小时，说出来像传奇。刘局问S，为什么尼泊尔修这么多寺庙，却不修路。

S说：因为尼泊尔人相信，道路通向财富，而寺庙通向天堂。

骑大象逛“丛林之心”

去奇特旺（Chitwan），是为了久负盛名的骑大象逛“丛林之心”（Chi=Heart, Wan=Jungle），觅孟加拉虎和独角犀牛。虽然我一直摇摆不定，真遇到这些生猛野兽了，是先过眼瘾还是先逃命？但凡人之命，天注定，见机而行吧。

奇特旺的每头大象可驮四个人。象背上有一个木棍围成的小围栏，四个人被塞在里面，可移动的空间很小，连转身的余地都没有。临出发，来了一对青年男女，我和子于被告知和他们同骑一头大象。我多问了一句：从哪儿来？

女孩答：“Japan.”

一点兴致，全被这词儿败光了。

这几天，只要打开电视，每个台都在报道钓鱼岛争端。中日对抗的情绪暗暗酝酿着，一触即发。

子于强烈要求换人，说进了原始森林，他的拳头就不再是文明人的了。

我也亮出连蚂蚁都不曾碾死的花拳绣腿，一旁煽风点火：“我不想打架，可有些人天生欠揍！”

奇特旺人不看电视，不读报纸，也根本，不理会我们。

无奈，悻悻爬上象背，还没坐稳，挂在领口的太阳镜坠落地下。正烦不胜烦，大象已不动声色地用长鼻捡起眼镜，淡定友好地递给了我。

两小时的丛林探险，刚开始是沉闷的，沉闷得像在蓄势待发。驯象师叮嘱我们说话要放低声，噤声最好。可这节骨眼，大家都在活动手腕足腕，准备为民族而战，谁有心情说话?

不知不觉走进丛林深处。万千植物用万千绿色冲击着我的视野。四周静怡，偶尔传来几声清利柔顺的鸟叫，或动物掀动树叶的声音，顿觉林间藏匿了无数窥视我的小眼睛。万分紧张之际，被城市生活磨钝了的听觉、嗅觉和视觉在一个激灵后猛然地恢复了本能。

籍着大象的高度，我看到100多只悠然自在、见人不惊的梅花鹿迈着优雅的舞步，在我们镜头前旋转跳跃。荡秋千的小猴，身手敏锐，让我只拍到它半个屁股。接连出场的还有孔雀、长臂猿、野猪、黑熊，各种颜色的鸟儿，它们都摆好了Pose，等我给它们一一拍照。

忽然，我尴尬地发现：我手上的相机是索尼的。不仅我的，象背上所有人的相机或佳能或尼康，均系日本制造，这使我有些英雄气短。显然，两个日本人也注意到了，睥睨着我的相机，脸相复杂。

两个有积怨的民族在经济和科技上又彼此依赖，真是不可救药的悲哀。

接下来，大家连举手按快门的气力都萎顿了。只剩下心灰意冷，那垂头丧气的情绪简直是亵渎这满林子里的空气和绿意。

到“丛林之心”，已完全没有了路，大象循着记忆中的路线前行，一步三歇，脚步走得格外深沉。偶尔驯象师会用脚和木棍调整大象的方向，带我们走近野生动物。驯象师很懂得大象的语言，知道它什么时候渴了，什么时候要撒尿，什么时候烦躁。烦躁时，他会静静等它发完脾气。有一次，大象被成群的蚊虫叮咬得焦躁不堪，遂用长鼻子卷下一大把枝条抽打自己的皮肤来驱赶蚊虫。驯象师就停下了，躬下身，用手轻轻抚摸大象的头和脖子，像安慰自己的孩子。

驯象师说，自然创造了七样东西：人、动物、树木、大地、水、风、火，这七样东西要相亲相爱，如果分开了，谁都无法生存。在这七样东西中，如果哪一样对其它东西造成太大伤害，它就会受到惩罚。

这就是塔奴族的智慧。他们尊重自然法则，敬畏一切生灵。明晓保护别的物种，就是最好地保护自己。

我们终未看见孟加拉虎和独角犀牛。或许是聪明的大象故意而为之，它担心我一不留神会把两个日本人扔进虎口，挂上牛角。也或许是驯象师有意惩罚我们，要不临走时，他奇奇怪怪地说：“地球仅一国，万众皆其民。”

我愣怔了良久，并在心里揣摩了好久。

与鳄鱼同行

大象送我们到达娜普娣（Rapti）河边的时候，太阳正兴意阑珊地走向地平线。夕阳轻笼着河水，金黄的波光粼粼闪烁。河边大树的影子斜斜地卧在河水里，几只漂亮的水鸟安静地立在船艄，仰望落日，依依惜别。

我们登上独木舟，向“丛林之心”逡巡。河水在身边流淌，岸边芦草丛里，不时传来抑扬顿挫如对话般的鸟鸣。在两岸不知名的草树花叶的清香里，不知不觉，灵魂像鱼静卧在深渊中那样安适。

突然，有人惊呼：鳄鱼！顺着众人的目光看去，果见两条短吻鳄懒洋洋地趴在河边看风景。环视四周，还有几只鳄鱼潜浮在河面，滴溜溜的灰眼睛望向我们，让人不寒而栗。岸边不远处是茂密的丛林，偶尔可见皮肤黝黑的塔奴土著，瘦削而结实的身躯裹着鲜亮的衣服。他们一脸严峻，双眉紧锁地四下巡睃，手里提着的木棍分明在告诉我们：这里不安全！

向导说：“这河里有上千只长吻鳄和短吻鳄。长吻鳄吃小鱼、小虾、小植物；短吻鳄吃羚羊、斑马，还有——中国人。”

“胡扯！”我一下子被他逗乐了，乐得口不择言。

他瞪着鼓鼓的鱼眼睛说：“是真的，中国人很甜，很好吃。”一边说，一边煞有其事地咂巴咂巴嘴，像真嚼到了一块甜肉，开心得不得了。

正在谈笑中，前方的天空，一大片乌云向我们狂奔而来，像给天空迅疾扯上一块巨幅黑幕，云层低得几乎罩在树梢上。向导说：“暴风雨来了。”

话犹未了，滂沱大雨已从空中倾泻下来。扯天扯地的垂幕，将天地间的一切裹挟其中，混沌成模糊浑黄的一片。几分钟后，天地已经分不开了，空中的河往下落，脚下的河滚滚流，明明置身在不宽绰的河道内，却让人惶惑四面都是汪洋。

很快，我们的独木舟也积满了水，船舷低得与咆哮的河面几乎平齐。我脑海里塞满了《逃离鳄鱼岛》的情节。下一个浪头，或者下下个浪头后，我就该成为鳄鱼今晚的甜点了吧？正无比悲催时，身后的子于，不识时务地张开双臂冲着天空狂呼："太爽了！太爽了！让暴风雨——来得更猛烈些吧！"

当时，若非自顾不暇，我真想一脚踹他下河。

这是我觉得离阎王最近的一次。狰狞的河水，如注的雨瀑，血盆大口的鳄鱼，虎视眈眈的猛兽……全是恐怖片里的惊悚场景。而我除了瑟瑟地困在独木舟里发抖，无计可施。隐约地，内心也混淆着一种奇异的惊喜，一种与死神面面相窥的意外之喜。这种忐忑刺激的意外"邂逅"，人生不常有吧？虽然它让人毛骨悚然、背脊发凉，却也让人血脉贲张、心神激荡。不单单眼睛受了刺激，心里，也终会留下些什么吧？

终于，经过漫长的煎熬，我们的独木舟稳靠了坚实的河堤。我迫不及待地跳上岸，回头看身后的同伴，个个像从水里爬出来的"落汤鸡"，浑身上下哗哗淌水。但大家都兴奋莫名，或许刚刚在鬼门关过了一遍、侥幸逃生的缘故。

人生唯有一次不寻常之旅，才会发现生命的可贵吧！

和大象一块儿慢慢变老

旅途中遇见什么，错过什么，常常不由自主，听天由命。就好比一场突如其来的暴雨能毁了我们的河流泛舟，也能让我们意外邂逅大象村。所以，老天爷总在得与失中平衡，不曾亏待任何人。

大象村是大象的家。三十多头憨态可掬的大象分家挨户地住着，或者一对母子，或者一家三口。大象天性恬静，在自己家里，就越发从容泰然。十来户住家一溜儿排开着，彼此相安无事。有一家刚得了小宝宝，才十六天，依偎在妈妈身旁，稚嫩的小腿还站不利索。象妈妈用长长的鼻子慈祥怜爱地轻抚着它，场面无比温馨。

有家，有小宝贝，比有什么都幸福。

象爸爸多是尽地主之谊，带游客去丛林中寻找野生动物了，还没回家。当然也不排除一两只贪玩好色的公象去密林“幽会”去了。

大象的胃口很大，每天能吃掉二百多斤用象草裹稻米制成的“三明治”。这种叫Cuchi的食物由它们的专职饲养员“烹制”，饲养员哼哧半天准备的晚

餐，大象三扒两咽就消灭掉了，让人哭笑不得。大象还爱吃饼干香蕉之类的零食，为讨它们欢心，我特意买了些香蕉。尚在踟蹰怎么递给它们，涎滴滴的长鼻子已不客气地伸至目前，没商量地一股脑儿卷席而去，那馋样像一个淘气的大小孩。

驯象师们每天都得带大象去娜普娣（Rapti）河洗澡，清洗身体上的伤口和附着在它们皮肤上的寄生虫，以防感染。大象其实很脆弱，蜘蛛、千足虫之类的小动物都能伤害到它，心疼得驯象师在给大象搓澡时还会额外附赠一个背部按摩，犒劳它一天负重的辛苦。大象也懂得感恩，吸一鼻子河水喷在驯象师脸上，让驯象师受宠若惊。

S“专家”说：“大象能活到八十岁。这让它可以和驯象师一块儿慢慢变老。想一想，垂暮之年，大象和它的驯象师相依在娜普娣河畔，看夕阳美景，畅怀往昔岁月，该是这世界上第二浪漫的事情吧？”

“第一浪漫的事是什么？”我傻傻地问。

S眨巴眨巴眼睛，戏说：“就是和你一起慢慢变老！”

一行的同伴笑喷。

同伴的面孔

清晨，天公不作美，大雨哗哗地下。上午的森林徒步被迫改成隔帘观雨。一拨十一人坐在茅草屋下，只能隔着雨帘意淫“原始森林”之“徒步探险”之“老虎、犀牛奇遇记”了。

我天生缺乏想象力，对着空蒙的雨，百无聊赖，只好观察起我的同伴们来。

张阿姨和徐阿姨：正一块儿回放卡片机里的照片。张阿姨一边看，一边嗔怪徐阿姨：“你看看你给我照的照片，硬是把一个天使照成了魔鬼。看我给你照的，却是把一个魔鬼照成了天使！”徐阿姨也不生气，诚恳地说：“那我给你重照，成吧？” 张阿姨愈发的忿然:“景都没了，到哪里照嘛？”一旁的人听得直乐，知道俩损友又开始斗嘴打诨、相互消遣了。这对闺蜜从花季少女到银发老太，生命的轨迹交集了五十年。原来，朋友也是可以做到白头偕老的。

王老师：脖子上总挂着两台单反机，食指总是放在快门上，她的名言是：你永远不知道你想要的那一刻何时到来。她曾是厦门大学物理系的教授，退休后，致力于摄影创作，在世界各地拍照，获得过无数摄影大奖。她给我拍了很多好照片，还说回去后给我做一本专辑寄给我。为了这句话，我每天牛皮糖似的粘着她。

贝贝：正端坐着打盹，据说是经常开会练就出的真功夫。不苟言笑，却常在酒后不无伤感地回望青春：爱书法，幼年曾以王羲之自勉，梦想墨染老家门口的池塘；爱英文，初恋是中学英文老师，曾用100分的考卷一次次向他表白心迹；爱文学，重庆大学化学系的高材生却能成为该校诗歌社团的发起人；爱拼酒，勿需酒菜，一口一杯。获得荣誉无数，却被其斥为狗屁不值。从不容人说她是女强人，她说笨女人才会想当女强人。沧桑仕途，泥淖官场，她是那污而不染的菡萏，从未在碌碌凡尘中遗失自己的清芬。

刘局：个头不高，却器宇轩昂。毋庸置疑，是领导。他常说：好的领导应该是让人看不出他是领导。可我第一眼就断定了他是个官儿。他总能在人群中谈笑风生，这是无数大场面历练的结果；他明白如何表现风度涵养，这是跌过跤吃过堑才能长出的智。他身上有一种压倒一切的气质，唯有在念叨“我们家文芳”时柔情百转。特别是看到极致的风景时，他总会百感交集化作一声叹息：“等过几年我退休了，我要带文芳周游世界。”

空气：是和刘局一块儿出来的干事。戴个眼镜斯斯文文，给刘局拎包，递水，拍照，远候近侍，殷勤备至。看似一个促狭老道、卑躬克己的机关人，可只要刘局不在，他立刻变得官腔十足，不可一世，动不动还揶揄别人“没文化，真可怕”！不喜欢这种势力机巧之人，所以同团十多天，我当他是空气，基本零交流。

子于：是一个穿着奢侈品的苦行僧。每天都

铆足了劲地减肥，早晨跑步一小时，晚上游泳一小时。行李箱里有一对五公斤的哑铃，没事就拿着举，锻炼肱三头肌。他的信仰是：中年男不胖就是帅。为此，他早餐只吃水果，中餐蔬菜果腹，晚上完全不吃。“额滴神啊！”每次在餐厅碰见他，我都能听到他胃里声嘶力竭的呐喊。可怜的有钱人啊，天天吃不到一顿饱饭。

雨人：很静，很man，很神秘。爱到酒吧小坐，一脸时光雕刻的痕迹。偶尔言谈，能听出他也是性情中人。他和刘局很聊得来，经常一块儿喝点啤酒，每次弄个杯子，无论大小，一次半杯，一口见底，从不拖泥带水。喝多了，说话就不利落。再喝，就现出几缕伤怀和婆娑泪光。始知，男人外表有几许坚强，内心就有几多忧伤。

付姐：傲人身段，倾城容貌，国际一流大学毕业，在世界五百强工作。曾兼职中国国旅总社领队，足迹遍布全球。凭她的条件，应该是勾勾手指，就有一片男人死心塌地俯首听命吧，可芳龄三十有二了，仍待字闺中。或许太看重自己的美貌和声名，不甘心轻易把自己交出去。也或许，曾经爱过，伤过，再无心力爱第二人。

荷香：轻嘴薄舌，一路絮聒。她总是在良辰美景里冷言冷语，在同伴春风得意时含酸带醋。她习惯以自我为中心，颐指气使，评东论西。同伴给她拍照，她看过后说张张是废片；同伴敬而远之，她又瞥眼撇嘴地给人脸色。所以，她在那儿，我就不在那儿。她让我由衷惧怕了更年期的女人。

S：做过三年英文导游、两年法文导游、一年中文导游。他能说九种语言，这让我常常有敲开他的脑壳，看看里面装了多少单词的冲动。匪夷所思的是，这位语言达人在大学里学的专业是数学，并因为敏锐的思辨和超常的悟性留校做了数学讲师，后因三尺讲台太小，投奔于导游的广阔天地。他现在仍在自学数学研究生的课程，他说自己既是老师，又是学生。有时候学生想偷懒了，就对老师说：老师，今天天气不适合学习，我们喝酒去吧！

我：静坐在别人余光的角落，听别人讲话，写自己的日记。老妈说，把姿态低到尘埃里，没准儿能开出花来。为此，我打小儿就恪守闺范，谨言慎行。也正因如此，没多大出息。混在一个安稳的小单位，过着平庸的一眼能看到尽头的人生。许多时候，旅行是为了寻找，而我是为了忘记。忘记自己的卑微，忘记刀锋剑影永远不可能给我归属感的职场，从惨淡的生活里暂时脱身，做一个平时做不到的自己。

还是奇特旺好。简简单单，自自然然。看不到的事，它就困扰不了我；看不到的人，他伤害不了我。在这个雨天的伊甸园，让我的思想苏散苏散、轻轻松松地打上一会儿盹。

快乐草屋

奇特旺的天气像小孩，古怪又任性，讲情不讲理。上午还大雨如注，一个午觉醒来，已艳阳高照。阴与晴，是太阳在云池里的探戈，进进退退，变幻莫测。

趁着好天气，我决定一个人去参观塔奴民居——这些在来时的路上便留意了的黄色草屋。它们散落在青葱翠绿的河谷平原，粗砺简陋，质朴古拙，像刀耕火种的上古时代遗留下来的遗迹。

站在田间地头，正踌躇该走进哪间草屋。一个七八岁的小男孩飞奔而来，冲到面前时，差点儿没“刹住车”。我问能否去他家看看。他高兴得直点头，好像就是为迎我而来。

雨后的田埂小路湿滑泥泞。我走得趔趔趄趄，小男孩却跑得风急火急。他一边跑一边兴奋地向家里喊着我听不明白的土著语，音犹未落，一个熊扑滑跌进泥地里。他没事儿似地一个鲤鱼翻身，回头莞尔一笑，带着一身泥水继续呼啸向前。

一个十来岁身材秀拔的小女孩听见喊声远远地迎出来，是男孩的姐姐。棕黄色的卷发，厚厚的双眼皮，长长的睫毛灵动得像风中的蝶翼。最是她的颔首一笑，出水芙蓉般的水灵，在极污浊的环境里，清纯的不染尘埃。

男孩的妈妈正在洗衣服，用的显然是刚才那场大雨蓄积下来的一盆水。见有客人来，有点手足无措，慌张地站起身，拘谨地点头，微笑。

点头和微笑，似乎是人类共通的语言，而这种最简洁的语言也最沟通心灵。他们说塔奴语，我说英语，如此鸡同鸭讲的你来我往，意思全凭揣测。点头表示是，微笑八成是没听明白。

走进他们的家，顿觉心头一震。

言及一个人穷，至多说是“家徒四壁”。可这屋子，芦叶搭的屋顶，草梗围合的墙，大象粪便和泥巴糊成的屋壁，这能算“壁”吗？屋内没窗，昏暗的光线下只有一张腐旧的木床，就连床褥子也是草编的。

这就是小男孩迫不及待想让我看到的家？

想起一本书提及过塔奴族：他们原本生活在北印度，因为战败，举族迁徙至此。热带丛林的恶劣气候和蚊虫瘴气并不适合人居住，但他们顽强地生存下来，并在这儿垦田筑房，重建家园。

从草屋退出来，遇到的是他们一家四口满盈盈的笑脸。是啊，曾经背井离乡的异族人，现在有自己的家，有几畿稻田，有一对可爱的儿女，还能有什么不满足！

想夸奖两句他们的草屋，可有东西分明哽在喉咙里，说不出来。

那就拍照吧！

男孩、女孩看见他们的大头照，惊喜得手舞足蹈。二十五岁的年轻妈妈（十四岁结婚）看着她有生以来的第一张玉照，笑得乐不可支。

快乐在这里很简单，因为经历了困境和磨难的人，最能体会到。

我让小女孩写下她家的地址，以便将来把照片寄给她们。皱巴巴的一张小纸条写着歪扭扭的几行字，我小心翼翼地叠放在皮夹里，视同珍宝。

“地址上没有门牌号码，能寄到吗？”回宾馆的路上我一直担心地想。

奇特旺的天黑得很早，一个人走在田埂上，徐徐凉风带着庄稼地里的稻香拂面而来。萤火虫提着星星散散的绿灯笼在前面照亮，几只老鸦“呱呱”不休地陪我叨唠，想象着小男孩一家收到照片时的欢悦神情，心中顿然袅袅腾起了幸福的炊烟，觉得世界此刻无比单纯，无限美好！

塔奴男人的棍舞

晚餐是大家围坐在篝火旁吃烤土鸡、烤土豆。柴火的熏香不断诱惑着我的口水，食物尚未全熟，胃里已伸出无数贪婪的手。品上一小杯佐餐酒，身心都轻飘飘起来。

最美妙的是，喝酒吃肉时，还佐以很开胃的男人棍舞。

男人们舞棍弄棒地上场了。虬髯打结，形貌奇伟，应该都是塔奴的原住民。他们和着鼓点和棍击声翻转腾挪，嘿嘿有声，那一根木棍更是被使得呼呼生风，惊神气鬼。至于舞姿是否规范标准，管他呢，反正天黑火暗看不清。这一刻，容貌生的美丑、舞姿跳的好歹均没有关系，只要能宣泄自己的情绪、释放多余的精力就好。舞者还可低眉敛目，想各自的心事。想什么呢？白天与谁结了怨，晚上借黑还一闷棍，应该很能泄除心头恶气吧！

主持人不时出场串烧，英文讲得不算地道，但声如洪钟，加上笃定的气质，大方的台风，很能hold住场。他逐一介绍场上的“守猎舞”、“孔雀鼓舞”、“双棍舞”……说这些祭拜式舞蹈都是为了酬谢上天赐予的幸福。可我怎么看都觉得这舞中有玄机。舞者手中均持有“家伙”，你迎我送，相互劈击，一招一式中暗藏杀机。

最后一个“火舞”结束了，西装革履的主持人殷勤绅士地邀请我上台与当地人一块儿跳舞。他鼓着大大的熊猫眼，眼帘深深的，充满了喜感。我忽然忆起他就是昨日提着棍子带我们泛舟鳄鱼潭、后被淋成“落汤鸡”的向导。立马翻出相机里他的落魄照。他瞬间“花容失色”，摇头摆手地说：“这人我不认识，我不认识这人！”

哼，别以为你换上马甲，我就不认识你！

鼓乐再起的时候，台上已多了许多群众演员。他们刚开始还模仿着塔奴人跳得临深履薄、小心翼翼、规规矩矩。后来就乱套了，节律不齐，动作走样，不伦不类的舞姿像一群久被压抑、终于找着突破口的疯子。凭借着黑暗的掩饰，他们乱舞在仿若只有自己的舞台上，纵情、发泄、陶醉。连篝火也抑制不了自己的热情，在夜空中飞舞着欢叫的火星。

台上男人跳舞寻欢，台下女人饮酒作乐。

贝贝让人抬来二件啤酒，说今晚的女人不醉不归。所有女人都吓得后缩，只有我，挺胸而出，大有巾帼不让须眉之势。我打小就虚荣，喜欢跟不那么一般的人在一起，好像这样就可以逃避自己平庸的事实。明明不胜酒力，但只要耳畔有尖叫声、喝彩声、口哨声，我便英勇就义般仰头就喝。直喝得天旋地转，脚步踉跄，如游太虚。S后来抢走我们的杯子时，我和贝贝已各自喝完了八瓶。我最后的记忆是，贝贝玉山将倾，我软醉成泥。她还不依不饶地扯着我的胳膊说：今儿没决出胜负，回国后再拼，拼白酒，八两起步……

我直接闭上了眼睛。

欲说还羞

早餐时分，没有比坐在敞开的凉亭下听风赏雨、品咖啡、啖热狗更惬意的事了。桌角还粘着一只花壳蜗牛，伸长了脖子和我赛悠闲。

四周是苍翠欲滴的绿和扑入鼻息清朗的润。细雨蒙蒙的几乎看不见，只听见草叶间亭子上浑然缠绵的滴嗒声，让人眷恋，不舍离去。

可惬意悠闲只是时间的小站，我还得随它继续前行。

下一站，蓝毗尼（Lumbini）。

上路时，雨已停歇。似乎它只为给我的诗意早餐一个应景，顺带降解旅途中热燥的尘埃。

从奇特旺到蓝毗尼90公里。途经白热瓦，一个边境小镇。小镇虽小，却热烈喧闹，还有几丝混乱。街上人车混行，花花绿绿的 Tata 公共汽车门上挂满了精悍的男子，车顶上也爬满了胆大的男孩，它汽笛长鸣、旁若无人地与你擦身而过，待你感觉到热风拂面掉头看时，它早已消失在一团尾气的烟尘里。女人多穿纱丽，戴鼻环，点朱砂，排刷似的睫毛下都有一双扑闪扑闪的大眼睛。街头小店叫卖着印度咖喱饭，目之所及都是印度造家用电器，还有耳边随时飘来的印度歌曲——忧伤而快乐，沉郁而迷茫。

其实整个尼泊尔都很“印度”。以至于尼泊尔人不用签证可以直接进出印度，那张同宗同族的脸就是他们的通行证。

尼泊尔的物品40%从印度进口，进口关税却高达200%。一辆 Tata 汽车，印度本国售一百万，卖到尼泊尔就成了三百万。这暴利让人感觉是赤裸裸的抢劫。难怪尼泊尔人都说两国政府关系很好，但被掏空口袋的老百姓并不喜欢印度，有怨气却无可奈何。

可只要想想蓝毗尼，尼泊尔人就释然了。

蓝毗尼原属印度北方邦。1857年，尼泊尔协助英国殖民统治者平定了印度的反殖民暴乱。作为报偿，英国在划定尼泊尔与印度边界时，把蓝毗尼划进了尼泊尔的版图。当时印度对这块贫瘠的小地方并不在意。直到19世纪末，德国考古学家发现了阿育王石柱，籍着玄奘法师《大唐西域记》中的记载，证实了蓝毗尼为佛陀释迦牟尼的诞生地，印度人这才悔不当初，然捶胸顿足悔之晚矣。

佛教产生于印度，而印度却将佛教之源——佛陀诞生地拱手让出，这份不甘不知要让印度羞恨多少年？

所以，我理解了印度变本加厉的出口税，以及它刻薄邻家“小弟”背后憋屈的宗教渊源。

只是，不知这笔历史重债，尼小弟得用多少年的税钱来偿还。

我问S：“为什么尼泊尔非得进口印度的东西？中国的东西便宜啊！”

S哈哈一笑：“尼泊尔有句俗语：Aaja Cha Bholi Chaina.（中国的东西，今天在，明天坏。）”

“Made in China”居然是如此国际声名！

除了苦笑汗颜，我无言以对。

菩提树下的微笑

见过不少禅宗圣地，却没见过一个如蓝毗尼般清廓寂寥的。

偌大的园子里，鲜有高耸林立的寺庙佛塔，也不见梵烟缭绕，香客云集。偶有几位黄衣僧侣打坐在菩提树下，似在聚精会神禅悟冥想，更似在认认真真地吸收太阳光的热量。

这可是佛祖的诞生地啊？这怪不得是佛祖的诞生地！

2500年前的一天，摩耶夫人在此树下休息时举手攀枝，释迦牟尼便从她的右肋诞生。蓝毗尼——佛祖诞生地，从此与他悟道的地方——菩提伽耶、初次讲经的地方——鹿野苑、涅盘的地方——拘尸那迦，合称为“佛教四大圣地”。

除了蓝毗尼被英国人不小心从印度划到了尼泊尔，其他三处圣地都在印度，可见佛教在印度的渊源。只可惜印度教盛行后，佛教日渐式微。倒是东亚、东南亚的一些国家，佛教成为一宗，传承至今。

在蓝毗尼的寺院区，有中国、缅甸、越南、日本捐建的佛庙或禅定中

心。最气度不凡的当属中华寺，殿堂巍峨，法相庄严，赵朴初的题匾在瓦蓝的天穹下佛光熠熠，直照人心。已记不清这一路多少次在释迦牟尼佛祖面前虔诚地屈膝了，此刻，站在他的出生地，顿觉这一路筚路蓝缕朝觐佛祖的心得以圆满。

走近佛祖，心不由主地念声阿弥陀佛，敬香，下跪，磕头，谦卑地道出心中的奢愿。待我抬头，看见了佛祖宽容的微笑，他一定明了我的不辞辛劳和万分虔诚，并成全我吧！

当然，多虔诚也比不过付姐。她此行似乎专为拜佛而来，跟团十多天，她始终形单影只，屏声静气，与大家有淡淡的疏离。可但凡入了寺庙，无论大小佛，均行三拜九叩的大礼。她本就有超凡脱俗的气质，配上婀娜坠地的长裙，让她行礼时有如睡莲委地，有道不尽的静美风情。就连她往功德箱里上贡，也是兰花指夹着花花绿绿的钞票，轻巧却不失端敬地悠然一投。指间透着优雅，脸上不乏高贵。那份骨子里透出的清朗庄严，使她本就“出世”的面容愈发的女神范儿了。这让团里那些站在烈日下的男士们望得目瞪口呆，浑然忘我，只把烈日的金光罩当成了菩提树。

若没有释迦牟尼，蓝毗尼应该算一个再寻常不过的偏远村落吧。而且气候酷热，即便站着不动都会大汗淋漓。这里夏季高达50℃的高温，似乎解释了为什么菩提树在佛教中的至尊地位。佛祖出生在树下，悟道在树下，讲经在树下，涅盘在树下，只因为，菩提树下有惬意凉爽的一片绿荫啊！

如今，此树早已不是彼树了。但见同样的菩提绿荫下，有一位跏趺老者，面色红润，气定神闲，颇有几分仙风道骨，那入定超然之态吸引住了我们的注意。走进细聊，居然是位中国僧人。

他看见我们也颇为欣喜，说：“来蓝毗尼礼佛的中国人不多，一年就一百多人。”

我说：“是啊，中国人都忙！哪像您老啊，跑这么大老远来就为坐一大树下乘凉。”

他听了，笑得前俯后仰，连头顶上的菩提树叶也受了感染，在微风中笑得簌簌有声。

泛舟费瓦湖

尼泊尔绝非千城一面，它在有限的地域里展示着自己千姿百态的美，其中有种美静谧恬淡，在不经意间俘获人心。

博卡拉，就是这种美。

与奇特旺的粗犷原始完全相左，博卡拉因为烟波浩渺的费瓦湖和环湖的雪山，而韵透出一股仙境般的气息。平静的湖面上，时有飞鸟啾鸣而过，愈发显出湖区的安静。

我们的酒店就依偎在费瓦湖畔，是一幢私人别墅，格调和服务一点都不输于国内五星级。大堂雍容华丽，客房装饰传统而不失艺术气息。人刚踏入客房，行李员就紧随身后地进来，彬彬有礼地问好，温文尔雅地放行李，那笑容暖得能融化人心，还能催眠意识，身不由己地就掏了小费。不一会儿，又进来一侍应生，端着一脸盈盈的笑和一杯纯纯的香茗。他特意推开阳台门，将杯碟放在露台茶几上，并用眼神示意我：即使足不出户也能欣赏到妩媚的费瓦湖和湖底的万山环绕。站在露台上，啜着红茶，品着浑然天成的湖光山色，微风拂来，有轻轻的飘忽。

午休后，和同伴们到费瓦湖泛舟。六人一条小木船，开始大家还划得起劲儿，及至湖中心，就疲了，扔掉桨，让船儿随波逐流，任意东西。湖水澄澈碧透，伸手触摸它，清凉从指间溜过，丝般光滑。成群的水鸟悠闲地在湖面上游弋，偶尔落两只在船头，秀两个pose，不等我们的相机聚好焦，它已撩起长尾巴，像一道彩虹，消失在湖边树林的深处。

湖心有个小岛，岛上有个小庙，庙里住满了鸽子和印度神。环岛晃悠一圈，不经意就看到许多成双成对的青年情侣，在掩映的婆娑枝叶后耳鬓厮磨、柔情蜜意（抵死缠绵的那种）。少儿不宜，我只敢用长镜头偷看一眼，偷按两张。后来才得知，博卡拉是尼泊尔新人的蜜月胜地。

回程，疲累的大家都不愿去碰那桨，僵持中，一对欧洲情侣从我们旁边泛舟而过。我自作聪明地建议："要不，我们来猜他俩的国籍？猜错的划船。"

S凝视了一小会儿，说："德国人。"

同伴们纷纷附和。

我，总爱表现得卓而不群，脱口道："英国人。"

……

俗语云，出头的椽子先烂；俗语还说，搬石头砸自己的脚。

——都没说错啊！我幸运地赢得"大桨"两枚。而我的同伴们就high了，一边以前所未有的殷勤为我的划姿拍照，一边应景地高歌"让我们荡起双桨"——即使迎面根本没有吹来凉爽的风。而S，抱定闲事不管的态度，在灿烂的晚霞中笑眯眯地看我挥汗如雨……

划船归来，晚餐时间尚早，S放我们到嬉皮士街自由购物。这里的东西既有特色又便宜，轻易就能牵绊住女人的视线和腿脚。仅一家卖包的小店，我就逗留了一小时，买了二十多个包，最后是向老板讨了一个蛇皮袋，才把东西捯饬回去的。最后悔的是有一条手绣挂毯，2m×2m，200元，苦于被桨划残的两条胳膊抱不动，无奈放弃。后来回加德满都看到类似的一款，标价2000元。痛不欲生！

荣誉与尊严

晨起。露台，微风习习。

显然，昨晚又下了一夜的雨，空气潮湿得有沉甸甸的分量。探进露台的植物叶片上滚滴着水钻，散发着“一颗恒流传”的光芒。远方的费瓦湖飘着袅袅仙气，像一位着白纱裙的翩翩仙子，在清冽的晨风中舞着。她的裙裾依草附木，尽皆是精灵。

真不敢相信居然有这么惊艳的湖藏在深山里，躺在我的屋脚下。

发呆完毕，神清气爽地前往大卫瀑布。

远空纤尘不染，看不到车水马龙，听不见嘈杂人声。许多独门独户的豪华别墅静悄悄空敞敞地整列在道路两旁。门户前都有一个绿草坪的庭院、鲜花绽放的窗台、攀着爬山虎的彩色楼壁。房前屋后皆有健壮饱满的植物，似在用勃勃生机宣告自己对此地的真正统领。不用猜，这里住的都是有钱人。

S说，博卡拉的原住民主要是古荣族，这个民族体魄强健，骁勇善战，有着超凡的坚韧和毅力，所以每年有大批年轻人被英国政府征用为雇佣军。他们收入颇丰，差不多三五年便可赚到六七百万美元，正好修这么一栋别墅。所以，成为一名英国雇佣军，是这里许多孩子梦寐以求的事。

“为什么你不去当雇佣军？”有人问S。

“我是加德满都人。加德满都和奇特旺太热，热带人的身体素质普遍不好。况且，也不是每个博卡拉人都能当雇佣兵的，除了天分，他们还要接受后天艰苦的训练才可能通过考核。如果遇到战争，他们将奔赴战场，替英国人打仗。第二次世界大战时，尼泊尔为英国血洒疆场的雇佣兵就有三千多人……”

再看那些五彩斑斓造型各异的别墅，心中的艳羡已消失了许多。这些用血泪屈辱，甚至性命换来的财富和显赫，真的比生命和尊严更重要吗？

沉思中，车已停在大卫瀑布景区。

大卫瀑布的名字源于一对失足落水的瑞士夫妇。瀑布不宽，但湍急，给人“飞流直下”的视觉冲击。水流沿山坡顺势而下，冲入一地下溶洞后，陡然消失，只余訇訇之音。神秘黢黑的溶洞口蒸腾着团团雾气，太阳出来时，水雾会在空中凝成七色彩虹。据说这条坠落深渊的瀑布，现在成了当地男女殉情的地方。他们因为种姓、宗教的限制不能自由结合，无奈走了极端。要么爱，要么死！爱情真有这般魔力吗？

隆隆的水声仿佛是它坚定的回答。

离大卫瀑布不远处的世界和平塔，是一座耸立在高山之巅的日本捐建的佛教塔。还未登顶，天公已然变了脸色，乌云压满一山，妖风大作。（豁然想起头两日电视上报道的日本内阁在靖国神社拜鬼的事，难怪这风里带着阴曹地府的气息。）大家匆匆一瞥，便仓促离开。连最爱拍照的王老师也一个快门没按。她说这塔毫无温厚淡泊之态，拍进相机里不吉利。

大家心照不宣，S却在一旁一笑会心。

日出鱼尾峰

到尼泊尔旅游，无外乎两样，一是行山，二是看庙。山是世界级的山，庙是骨灰级的庙，上天格外垂青尼泊尔和到尼泊尔的旅行者。

初到博卡拉，遇到许多重装驴友。攀谈中得知，他们到尼泊尔只为登山，且只要可能年年都来。打心眼里佩服这些执着的人，积聚心力做透一件事。我非发烧级驴友，只能是跟着大团队登一段小线路，意思一下了。

早上4:00，睡眼惺忪地到大厅集合，却只看到S一人深埋在沙发中。一双大黑眼睛似睁非睁，无精打采。窗外是黑漆漆的夜幕和哗哗的雨声。头一日，S就挺“乌鸦”地说今天去爬安娜普尔纳山看日出，期望值不要太高，可能有雨。

一语成谶。

难怪同伴们都没现身。估计听到雨声，就势歪在床上梦游安娜普尔纳山吧。只有我不死心地挣扎起床。人生一场，不多看些地方，就真负了仅有的这一趟生命。

屋檐上的雨持续不断地掉落在地，噼里啪啦地粉碎着我的兴致。

S问："你还去吗？"

我答："你想去吗？"

S半睁睡眼，稍显不屑地笑了笑。

"那就去吧！"我故意曲解他的意思，权当是替我酸胀的胳膊报仇了。

从宾馆到安娜普尔纳山一小时车程，我沿途祈祷：……(此处省略36个字，系本大小姐的变天大魔咒。)

车停时，雨也停了。

尼泊尔人说，每座雪山都有神明。我相信，因为它听懂了我的偈语。

雨后的安娜普尔纳山弥漫着泥土和树叶湿漉漉的芬芳，山谷静悄悄的，鲜有人迹。显然，刚刚的那场雨为人做了筛选，来的都是坚定的行者，或者有点精神高度的人。嘿嘿！我很为自己得意。

我虽然懒散，意志薄弱，但终究不算惧怕爬山的人。云南梅里、川西亚丁、西藏珠峰都曾上过，所以心理强悍到已能坦然面对世界诸山——如果不求登顶的话。安娜普尔纳山海拔8091米，而旅行社只安排我们行到山中央的萨朗闼（Sarangkot）——一个看日出的观景台，1592米的海拔，能有什么难度呢？所以，早上，当我穿着雨衣和S一块儿冲进冷飕飕的雨幕时，我便知道，我已经战胜它了。

许多事情都是这样，迈出第一步的那个意念最难，剩下的事，迎刃而解。

天色微明，灌木林中不断传出清利柔顺的鸟叫声，天地万物在美妙的音韵中苏醒。而我早起的困顿和迷糊也随之化作微尘，化作丝，消逝在晨风中。S精神矍铄了许多，持一根长棍在前面扒草开道，偶尔旋过身与我寥寥交谈几句。路边透湿的树干上立着绿色的变色龙，盯着我俩，略有所思。

安娜普尔纳山是世界十大高峰中最先被征服的一座，开发得早，旅游设施齐备。每走一个小时，路边总会有供游客歇脚的石台，高度恰到好处，背包客不用卸下包袱就可坐着休息。每隔两三小时，会出现种满花草的茶舍、小旅馆，有些还提供太阳能淋浴。过于的周全周到，让人在这儿全然不觉跋山涉水的辛苦劳顿，只有闲庭信步似的悠游自在。

身体尚未发热，一座雪山的轮廓已出现在晨昏中。它隐隐地闪着微光，像是诱惑，更像是召唤。接下来的山路，我一路小跑，为了赶在太阳之前。终于，雪山拿出最美的日出奖励了我的早到。一缕绚丽的霞光仿若老天爷的巨椽，从厚厚的云层里飞点出来，一顿一挫，一笔一划，首先将鱼尾峰脊勾勒出蜿蜒的金边。接着，它又摇笔散珠，把那鱼尾峰的峰顶涂抹得溶金般流淌。最后，它采取泼墨的手法，将山川田野、沟谷丘壑描抹得恣纵摇曳、流光溢彩。这霞光动墨横锦，尺幅千里，让人不得不佩服自然的神工妙笔。

S站在我身后望空兴叹：“你施了什么咒语，居然在雨季看到了雪山和日出？”

那语气听起来像是嫉妒，但更像是替我欣喜。

静静地，我沐浴在霞光中。面对眼前可遇不可求的鱼尾峰，我唯有微笑致意。

人在囧途

看似错误的事，坚持下来，便是无比正确的。

譬如，早上若是如其他团友那般因雨放弃登山，哪有此刻的良辰美景?

雨后的安娜普尔纳山，天高云淡。坐在寂寥无人的山头，迎着细碎的阳光，听微风吹响树梢的声音。风不大，轻柔无骨，让人觉得温柔和慵懒。我铺开雨衣，躺在一窝草丛里假寐，偶或两眼望天，看云在天空中曼卷曼舒。

S掏出他的古董烟斗，点燃，悠悠地吐着圈。微风轻至，烟雾从我的鼻息和面庞滑过，泛着男人性感的味道。我俩都缄默不语，破坏眼前的宁静是极伤风雅的事情。

1+1的团队，最大好处是既不需要集合，也勿需等人。想什么时候走，都不需要商量，一个眼神，一个点头，最多加一个长长的懒腰——开路。

秋意尚不浓，野花开得烂漫。姹紫嫣红的各种叫不出名的花，沿着山坡一路铺陈下去。我一边品味它们的芬芳，一边采摘些做花环。S指着一朵红色的花说，这是茉莉花；指着一朵黄色的花说，这个也是茉莉花；一朵白色的花，他更说是茉莉花了。我随手采一根狗尾巴草，呈到他面前，他认真地说：茉莉花。那一瞬，我知道了整座山野花野草的名字。

走过一段山脊，眼前豁然开朗。在围合的雪山中，鱼尾峰巍然屹立。而山下是密密匝匝的松杉林，山谷里的小动物们已窸窸窣窣醒来，在林中忙碌地窜来穿去。阳光透过松林，依附在路面的松针上。一只松鼠一脸馋相地啃着松果，旁若无人，让我想起自己空空的胃，空得像寂静的山林。

S从背包里掏出一个面包、两袋西红柿酱递给我。我一愣，想说两句感谢，可话到口边又咽了下去。实在，面对这么个痞气的人说不出正经话。索性，举着面包，学着松鼠大模大样地大嚼起来。

可能下山的步伐过于单调，也可能空谷有很好的回音，S唱起了歌："好一朵美丽的茉莉花，好一朵美丽的茉莉花，芬芳美丽满枝桠，又香又白人人夸……"

原来，他教我认那么多种茉莉花，是为这个做铺垫。有几句歌词他咬字不准，我满嘴囫囵地为他纠正，正陶醉于自己夜莺般的歌喉，S冷冷地冒一句："你这嗓音，估计长颈鹿听了都会恶心吐。"

我当即失声，方寸大乱，踉踉跄跄间左脚拌了右脚，一下摔到在路边的稀泥里。狼狈不堪就算了，还崴了脚，颜面丢尽。

S先用湿纸巾抹掉我脸上的泥土和面包屑，然后褪下我的右脚鞋袜，审视了肿胀的脚踝，"看来只能背你下山了。"他歉意地看着我说，声调弱弱的，眼神却坏坏的。

人越在囧态时，越能招唤天下人。早先还安安静静的山，突然就喧闹起来了。穿着纱丽的尼泊尔妇女，端着盛满鲜花和提卡粉的托盘，一扭一绞，花摇柳颤地碎步上山。擦肩而过时，夸张地侧目望望满身泥浆的我。一些年轻男子穿着迷彩服，

肩扛伪武器，埋头经过时故意做急行军的样子。还有健步而来的外国登山客，个个背负重装，手持登山杖。他们看见S和S背上的我，无不高高竖起大拇指。

“他们在夸你呢！”我无话找话说。

“别说话，越说越沉。”他把我往上托了一托，停歇了两秒，喘粗气。我看见他头上沁出了一层细汗。

“我有那么沉吗？”我故意带了点嗲声嗲气的尾音。

“我也奇了怪了！平时看你弱不禁风的样子像一天吃一顿的，怎么背在背上，感觉你像一天吃五顿的！”他说完肆意大笑，笑得松涛阵阵。

我拼命咽下一口气，可咽不下去。心头一恨，暗暗将身体的重心使劲往后仰，胳膊肘使劲往他肩上压。再看他，越发举步维艰了。

有两次，他气咻咻地请求小憩片刻，我脚还未着地，嘴先哼哼起来。他只好继续兜着我，任汗珠从发根处沿着头发向上爬，从发尖飘离。其实，我覆在他身上也难受，像大暑天抵着一床鸭绒被，溽热难堪，汗从毛孔里直往外钻。当然，心里盛满了报复的快感。

“以后，还夸我的嗓子吗？”我云淡风轻地问一句。

“当然，我只说实话！”他略为踌躇后答，满脸风萧萧兮易水寒的壮烈。

我，仰天长叹！

天上，有一只好像钉在天空般的、一动不动的鹰。

赏峰飞行

尼泊尔号称高山之国，地球上超过8000米的14座山峰中，她拥有8座。

1924年，英国登山者马洛里在被问及“为什么要登珠峰”时，他谦逊地答：“因为它就在那里！”从此，登山的人就用这句伟人的话作为自己登山的注解。一开口，濡湿的眼眶里还充满了神圣感。

我在山下一小郎中家敷药时，眼眶也濡湿了，却是生生痛出来的。

那帮睡到日上三杆方才醒来的团友，在审查了我的微单照片和我傻傻生风的走姿后，迅速要求参加“赏峰飞行”（Mountain Flight）。对啊，山在那里，并不非得爬，可以乘飞机上啊！

赏峰飞行，是乘坐一种十几座的小飞机，从天空俯瞰雪山。这种小飞机是一种特老旧的螺旋桨飞机，在气象瞬息万变、孤峰嵯峨林立的雪山间盘旋，危险度可想而知。而且若遇到大雾天，就算起飞，也看不到雪山，白白浪费了机票钱。

可我还是心怀悲壮地报名了。170美金一张的机票，我的好奇心无可救药了。

起飞的过程已让人心惊肉跳，当机翼掠过雪峰长廊时，我的心脏又忽然漏跳了两拍。连绵伫立的雪山，安静而雄伟。山巅是云一样的雪，雪一样的云，卿卿我我，缱绻缠绵。放眼四顾，一片纯白围合成一个凛然圣洁、静谧寥廓的雪国，让我们的小飞机置身其中，像逃不出如来神掌的孙悟空，一边声嘶力竭的轰鸣，一边跌宕不羁地盘旋，渺小滑稽得可笑。人手一份的彩页上，列着飞行过程中依次经过的山峰：Dorje-Lakpa，Chhoba-Bhamare，Gauri-Shankar……奈何见识短，从眩窗望出去，哪能区分开来?

好在，这些人定的名字，都是无所谓的东西。在大自然的杰作面前，人类的一切自以为是都微不足道。

空姐开始邀请每个人轮流到驾驶舱参观。逼仄的驾驶舱内，副驾驶指着前方比比划划，一溜奇怪的英文里只听懂了第一句：看，那是Everest！

Everest，是珠峰在尼泊尔的名字。它端然于云层之上，锯齿般的峰峦在阳光下熠熠闪光。站在海拔8844.43米的高空上与它平行对视，我终于明白了S的一句话：珠穆朗玛更应该是属于尼泊尔的，因为它最美的一面，只有在尼泊尔才能看见。我大睁双眼，使劲记住它俊美的轮廓和圣洁的容颜。在心潮澎湃里我知道这是一生中伟大的时刻，因为螺旋桨的轰鸣已经遁去，我的心已跳停，在幻象里，我是那凌风扶摇的鹰……

飞机落地，每人得到空姐发给的一张证书：

I did not climb Mr. Everest... But touched it with my heart!（我虽然没有登顶珠峰，但我用心接触到了它）。

微笑的力量

晚餐后，到宾馆前台寄明信片。

尼泊尔四星以上的宾馆都售卖邮票，并义务转交当地邮差，很是体贴周到。贴邮票时，我问前台小生，有没有胶水。他一笑，拿过我手中的邮票，在伸出的长舌头上刮了刮，然后端端正正贴上明信片。旁边一对办入住的瑞士夫妇存心凑趣，逗问他："邮票什么味儿？"他看了一下邮票的风景陶醉地说："珠穆朗玛的味儿，很清凉！"边说边做回味状，惹得我们开心大笑。

心情好，自然舍不得回房休息，于是四处找电脑备份照片。

电脑在博卡拉不光稀有，而且无用。这里无光纤，无wifi，像一个与现代世界隔绝的化外之境。

整个酒店只有大厅角落有两台电脑，按每小时120尼币收费。我占用了一台，瑞士夫妇用了一台，他们要发几封电子邮件。面对龟速，我们只好闲聊打发时间。健谈的瑞士妻子是一位精通四门外语的家庭妇女，虽从未谋过职，却因丈夫经常出国公干，而有了许多深造口语的机会。丈夫却戏谑说，是因为她把毕生精力都致力于聊天事业，所以她的口语才如此了得。并举例说，有一次他早晨上班顺道开车送妻子到超市门口，晚上下班经过超市，她居然还在原地与人聊天，而那个陌生人硬是被她聊成了闺蜜。我问妻子是不是聊天能养颜，使她看起来比实际年龄要年轻许

多。她摇头说，是因为有丈夫的爱，她得到了这个世界上最优秀男人的爱。说完，他们微笑着深情对视。

很经典的桥段，像电影，却有真实的温暖。

他们走后，我继续转照片。百多张照片，从相机拷到U盘足足花了三小时。其间，S在阑珊的灯影里幽灵般晃过一次。他探头探脑地看了看我的脚，假情假意地问了问痛不痛，然后如释重负地说："能自己走路就好。"我尚在睦目不知所对中，他已道了晚安，"哈哈"几声，长笑自去。

搞定照片，已是深夜12点，大厅只剩下我和前台小生。贪小便宜的小心脏蠢动了一下，忐忑递出120尼币给那小生。他谦和一笑，并无异意，开了收据。可他，分明清楚我用了3小时电脑的，因为他给我贴过邮票，续过六杯免费的凉白开。

我鞠躬道谢离开，走了很远回头，他还在微笑目送我。那样了无纤尘的眼神，好似什么东西在我的心口上重重敲了一记。踟躇良久，我还是转回柜台，郑重其事地在他桌上放下100尼币，特别强调，是给他的小费。他礼貌地接受，道谢，脸上仍然是温恭谦和、不宠不惊的微笑。

在尼泊尔，这些微笑的力量像无处不在的阳光，让人性中那一丝的阴霾无所遁形，最终让你也变成了一个敞亮的人。

祭奠有憾无悔的爱情

返回加德满都，同样是崎岖绵延的山路。

山道狭窄，弯多坡陡，路面坑洼，尘沙弥漫。在许多转弯处，我们的车常常一个漂移的甩尾，激起十米飞尘，后车就只有喝灰的份儿了。汽车一路蹦蹦跳跳、狂躁不安地前行。峭壁边奔腾的滔滔大河，也让人心惊肉跳，不敢侧目。

在这里开车，需要卓绝的车技，超人的胆识，还得，请上印度教的众神灵全程护佑。

行至中午，不知哪座高耸的山峰把云层捅破了，雨倾盆而下。在暴雨的鞭笞下，车在坑洼泥泞的山崖边左摇右晃，更觉步步惊心。许多路段塌方了，本就逼仄的路面出现了几个大豁口。路中央还横亘着大小不一的落石，塞车愈发严重，撞车也是经常。有时候撞过了头，车子就侧翻卧倒，甚至翻身下河。S这时会说，尼泊尔的车喜欢睡觉，还喜欢游泳。继而还眉飞色舞讲堵车的好：我哥以前就利用堵车时间听英语背单词的，后来考博去了美国。但我一点儿也不羡慕，因为他去的那个城市——纽约……更堵！

心若明媚，末日亦是风景；心若荒凉，无处不是沧桑。

想起他第一天上团迟到，可能真是塞车。而我居然怀疑过，心里有隐隐地羞愧：为自己只相信自己的眼睛，而不是别人质朴的心。

可有一瞬，我连自己的眼睛都不信了。在一个发卡弯，我们前面的一辆大货车突然凭空消失了。我们冲下车去看，它已连人带车，滚落到峡谷下酱黄色的大河里，随咆哮的河水瞬间消失得无影无踪。那个拐角下陷了一个三米宽的大口子，可能暴雨阻碍了视线，大货车司机猝不及防，加之湿滑的坡面，根本刹不住车，导致了惨剧的发生。想一想万分后怕：十分钟前，那辆车还在我们车后，后来寻机超了车，再后来……就再也没有后来了。

我们冒雨参与了救援，不过那个救援已经没什么意义了。100米的落差，车翻下去就是翻下去了，人没了，就是没了。

很快，路封了。我们被安顿在附近一个茅草屋，等待挖土机过来把那个缺口补上。S不知在哪儿弄来一堆干树枝，燃成篝火，大家围坐一圈烤湿衣服，没有人言语，只是盯着火苗，目光专注又恍惚。

死亡是这样猝不及防，当灵魂升到半空回望肉身的时候，一定会觉得这不过是一个拙劣的玩笑吧。如果死亡是一个随时可能抵达的站点，那么现在的分分秒秒理当珍惜。珍惜经过的每一处风景，因为它们的美丽不可复制；珍惜遇见的每一个人，因为他们是神安排来的，与我相逢，必有深意。

天色完全被黑幕掩盖，车灯的长龙蜿蜒进无边的黑夜。一辆辆车瘫痪了似的，动也不动，看来走不是一时半会儿的事儿。S从车上取来一只水壶，给大家烧水泡红茶。啜一口热茶，冷脆的身体慢慢缓过劲来。

“要不，我们来讲故事吧？讲这一生最遗憾、最不能释怀的一件事或一个人。刚才我们的车若是先奔河里去了，这些故事也就陪葬了，既然逃过一劫，就让故事活下去。”刘局喃喃提议，却有毋庸置疑的理由。

“我同意。反正后天散团了大家各回各家，从此不见，说说也无妨，也算是对这趟浮光掠影的尼泊尔之行一个收尾。大家相遇是缘分，是缘分就让我们彼此认识。”子于说。

大伙儿面面相觑后，纷纷点头同意。

我制作了十二张签，让大家抽签决定讲故事的顺序。

爱情烟花——付姐的故事

他是我大学同学，很帅，校草级的帅，连男生们都因为他太帅而嫉妒冷淡孤立他。他不以为意，大二时便全尽心力地备考研究生，每天不是在自习，就是在去自习的路上。不记得什么时候起，他上晚自习前会来约我，而我找不出拒绝学习的理由。那时，学风蔚然，一座难求。为找两个相连的空位，我们常常一栋楼接一栋楼、一间教室接一间教室地奔找。坐定后，他总会神气地一撇嘴角，痞气地一吹额前的短发，露出心定的笑容。笑容里三分得意、六分洒脱，还有一份隐藏不住的性感。很迷人。

他有特别的专注力，晚自习的三小时几乎不同我说话。我只能独犯花痴，或敷衍地背他硬塞给我的托福单词。而他永远都将那张棱角锐利的脸埋在书里，顶多突然伸出手握一下我冻僵的指头，问“冷不冷？”这三个字，在那些寒冷的夜晚，温暖了我很多年。

大四的平安夜，他撂下书，很奢侈地陪我去了一个留学生酒吧。我们喝酒跳舞唱圣诞歌，high到凌晨两点才翻院墙回学校。那晚，他第一次说爱我。

然后，一切又复归到从前，直到我们毕业，分手。平安夜的那一幕，像夜空中霎那芳华的烟花，美丽而虚幻，让人怀疑它的真实。

后来，他如愿考上了研究生留校，我意外考过了托福出国，我们再没见过。时隔多年，我连他的相貌都想不清了。对他最后的记忆是毕业离校的头一晚，他来敲我的寝室门。我没开。那晚，他在门口站了一通宵，我躺在床上流了一夜的泪水……

这就是我的初恋，没时间恋爱，约会都是在教室里。年轻时因为所谓的理想，没能纵情去爱，可当能够无所顾忌地去爱时，又已不再年轻。

爱情密码——子于的故事

“有的人，是帮助你成长的；有的人，是要你一辈子怀念的。”子于带着小伤感、小惆怅说。神情和平时那个“屌丝”判若两人。

许多朋友问过我，为何我的手机号、车牌号的后几位数是相同的，是不是别有深意。我每次都笑而不答。但我想他们或许猜到了，那是一个人的生日。

她是我的大学同学。在学校时，我们关系若即若离，很懵懂。在那些清晨或午后，我只是坐在她的五点钟方向默默欣赏她。淡黄的短发、白皙的脖颈和清亮亮的嗓音，常常让我沉醉不知归路。我很少主动与她讲话，不是不想，是不敢。可我分明又对她讲过许多，特别是我故意与她周围的同学聊天时，有许多话都是讲给她听的。我爱写些酸溜溜的诗，偷偷塞进她的课座。她从不回复，只有读完信后回眸惊鸿一瞥的笑。她的态度一直不明朗，但不明朗就意味着希望。

毕业实习时，我公开追她。常去接她下班，带给她一些零食或山花野果，陪她逛街看电影。当然，一周一封情书是必须的。我就是要让班里的同学都知道，她非我莫属，谁也不能有非分之想。

直到她生日。我记错了日期，那天没去接她，更没送生日礼物。

她一个人下班，一个人到公汽站，一个人坐了八站路。下车时，我们班的另一个男生骑着自行车大汗淋漓地赶到，送了她一个生日蛋糕，一张生日卡。原来那男生一直在她单位门口等她，见我没来，便钻了空子，骑车跟着公汽追了八站路。

就这样，因为我小小的疏忽，她收到了另一个男生的心意。虽然，那张贺卡没写一个字，蛋糕也被那男生紧张地弄掉在地上，可她说那是她收到过的最好的生日礼物。她选择了他。

想不通，上万字的情书输给了一张空白卡片，那么多哄她开心的小礼物不如一个变形的蛋糕。她说，爱情里重要的或许不是甜言蜜语，而是他出现的那个时机。

后来从书上知道，女孩子都特别看重自己的生日，爱用生日礼物来换算男友的在乎。可我却青头愣脑地错过了。

后来我犯了强迫症，凡是可以自己选择的号码密码都用她的生日。我跟她的联络，只剩下每年一次的生日短信。备份在手机里，从来不删，现在已经有15条了。可能弥补什么呢？“有些人，有些事，一时错过，就是一世。”

爱情缘分

——雨人的故事

雨人点燃一支中华烟，深深地吸了一口，然后，用一种近乎凄凉的腔调说：“缘分这事儿，是天定的。

我和她是高中同学。毕业后，都分配到工厂。那时，我很穷，可她不在乎。每天下班，我接她一块去吃路边摊，一碗红油小面，一碟凉菜拼盘，她总是像吃大餐一样开心无比。

周末，我会骑着摩托车带她去近郊兜风。每次她都会惊诧‘周边有这么多好玩的地方居然不知道’。其实，她是个超级路盲，一个地方去了N次，她也记不住。

她爱旅行，我爱她，我要赚更多的钱，带她去看更远的世界。

我辞了工作，东拼西凑开了一家修车行。我没日没夜地拼命干活，钱越赚越多，生意越做越大。可我陪她越来越少，连吃路边摊的时间都没了。她开始一个人出门旅行。每次出门她总轻描淡写地说：没关系，已经习惯了一个人。

我们计划结婚那年，打算先自驾去西藏，因为这曾是我们最初的梦想。临出发时，新开的车行出了问题，脱不开身，已请好假的她只好一个人去了。结果，她在珠峰迷了路，被一个登山运动员发现时，躺在雪地里的她已失去知觉了。那人背她下山，救了她。三个月后，他们结婚了。

她结婚那天，我关掉三个车行，一个人骑着摩托车去西藏，去看本该由我陪她看的风景。可一路上，除了自己的泪水，我什么也没看见。脑海里全是她，还有她给我的那句解释：对女人来说，钱不是重点，重点是关键的时刻，你能陪在她身边。

我终究没能一个人走到西藏。那条西行的路是用破碎的心铺成的，走得越远，碾得越痛。心痛到万念俱灰时幡然醒悟：真正的富有不是银行卡上的数字，而是能与心爱的人在一起。

可我懂得时，我已经失去了。”

爱情茶饭 ——刘局的故事

“我们50年代的人没那么些花花草草。”刘局有些推辞。

“那就讲讲你的文芳吧，每天念经似的把她挂在嘴边。”

刘局嘿嘿一笑：“也行，那我就给你们叨唠叨唠，权当给你们解闷。”

文芳是我知青下乡时认识的。第一眼见到她，我就觉得，她就是我要找的那个人。所以，就对同来的兄弟们表态：“这姑娘，我娶定了！”

其实，以我当时的家境、成分、样貌，找啥样的对象都难，索性，就找个最难的。

文芳那时是中学老师，我没事就去她学校，劈柴拉煤扫操场，外带给文芳跑食堂打饭。那时穷，两个人只吃得起两样菜，每次打饭我总是递两只搪瓷碗：一个西红柿炒蛋，分；一个土豆丝，分。

有一次，食堂师傅笑问：“今天有清炒雪梨，要来一份，分吗？”（谐音“分离”）

“不，坚决不!”我当即怫然变色。

文芳后来嫁我时说，就喜欢我那股子认真的傻气。

一结婚，我的人生便开始走B面。先是第一批返乡回城，然后进了工农兵大学，毕业分到政府部门，一切都顺水顺风。只是苦了文芳，守在老家上班带孩子管家务伺候老人。可她从无怨言，也没要我动用关系帮她调动，倒是常嘱咐我，为官多给百姓做事，一个人成功，不在于他赢过多少人，而在于他帮过多少人。

后来，我被调到省城，组织为解决后顾之忧，把文芳一块儿调来。她承担了家里一切拉杂琐碎，每天无论我出门多早，都做好早饭；无论回家多晚，都给我留灯；出差的行李从来都是她给我收拾的，让我感觉走哪儿她都在身边。

这就是我和文芳的故事，没有卿卿我我的风花雪月，有的只是一粥一饭的寻常琐碎。我这生最大的遗憾是没能带文芳去看外面的世界，她守着那个家牺牲了太多。文芳却说，外面的诗情画意又当不了饭吃，她喜欢家里烟火味儿的幸福，不浓郁，但经久。

所以，爱情在我们这辈人眼里很简单，就是两个人粗茶淡饭，平安到老。

大家正咀嚼刘局的话，公路上突然喧闹起来。堵车长龙在慢慢蠕动，欢快的引擎声、暄腾的喇叭声此起彼伏，原来塌方的路段已修好。正要开讲的S骤然起身，如释重负地说：开路！那感觉是刚被点背书的学生突然听见了下课铃声。

已经讲了故事的人后悔不迭，还没讲故事的人暗爽之至，我则喜忧参半。我的签是12号（我事前做了手脚，嘿嘿），若能听完11个故事再离开，那就完美了。

摸黑赶路。有人意犹未尽，让S继续在车上讲他的故事。S说他就没恋爱过。大家嘘声一片，认定这是一句不折不扣的鬼话。旁坐的张老师问我是否恋爱过，我惊慌失措地摆手："没有，我是真的没有！"

"好好谈一次恋爱吧，无论成败，无论甘苦。要不人生多遗憾啊！"她说得语重心长，以至于所有同伴都侧头看我，又看看S，眼神悲悯。

不舍得这四段故事淡忘在我的健忘里，于是在小本上速记下来。都是些温暖的小片段，却让人相信：每个萍水相逢平凡无奇的人，内心可能都藏着一段波涛汹涌的爱情。真希望印度神能赋予我一种奇幻的超能力，重新编导他们的初恋，让时光逆转，让故事重来，让每一段爱都能开出花儿来。

意乱泰米尔

到加德满都已是深夜，困倦至极。本以为会一夜酣眠，哪知竟梦遇印度神，向他跪求超能力。神回复：来印度吧，我给你要的一切！

醒来，决定去印度。

当然，并不是因为梦里的情境，只是不想回家。半个月的尼泊尔之行，身心都恋上了这安闲适意的小调，优哉游哉的小资。这里有神灵的庇佑、温暖的微笑，它让人心平气和、心安理得，让我本能地拒绝回到从前。而印度，据说是一个时间流逝更慢、神祇更多、灵魂各归其所的不可思议的国度，它会让我更喜欢吧？

我用iPhone 4给boss发了电邮，请求续假一个月，未等及回复，已用支付宝在网上买好两天后从加德满都飞新德里的机票。人生很短，天涯很远，只能听从自己内心的指引了,其他人的想法，就算了吧。

然后电话S，让他陪我去大使馆办印度签证。甫出宾馆，立刻被卷入另一个世界，一个热闹拥塞人如蚁集的世界。泰米尔（Thimi）是背包客的天堂。逼仄喧闹的小巷挤满了小店：钱币兑换店、户外用品店、国际长途电话亭、旅行社，以及网吧、书吧、酒吧……最醒目的当然还是沿路铺开的五色斑斓的工艺品店。琳琅满目价廉物美的小商品，能让所有囊中羞涩欲望饱满的女人亢奋不已。女人的心情，三分天注定，七分靠shopping。

最让人欲罢不能的是，这里通用人民币，省却了不少麻烦。店主们兰指翻飞，以14:1的汇率，麻利地在计算器上敲出低低的价钱，便宜得让人觉得路过就是罪过。泰米尔的小商贩多能说好几国语言，讨价还价的本领丝毫不逊色于北京的秀水街。反正时间尚早，他们也颇有闲情，我就和他们溜嘴皮子。常常风马牛不相及地七扯八拉兜出去好远，等绕了半个地球再回到主题时，我已经忘记先前是想买什么了。

小巷里有许多小客栈，房价几十元人民币而已。客栈简约精致，充塞着本地生活气息。许多客栈有花园廊架、吊床藤椅。想象一下：在遥远的国度、偏僻的一隅，坐在开满夜来香的院落里，与来自世界各地的驴友们谈天说地，分享故事，该是多美好的人生经历啊！

和S在大使馆拿到签证已是中午，空气中淡出隐隐菜香。随S寻芳去了Rum Doodle酒吧。酒吧墙上贴满了世界登山者的脚印字牌，旁边标注了他们的名字、出发日期、攀登目标及回来的日期。有些人回来了，有些人则永远留在雪山上。我厚着脸皮在这些神人的旁边书下我的小名、登山日期。至于攀登的山峰名就省了，海拔太低，写出来丢人。我刚写完，S也拿过一支笔，在我的名字下面很认真地写下他的名字。我难为情地转过头去，装作没看见。

S点了几样尼泊尔特色菜：达尔巴特（Dal Bhat）、桔雷比（ielebi）、莱杜（laddu），还有一小壶清酒。

味道嘛？嘿嘿，醉魂酥骨，妙不可言！

下午，脚步踉跄地继续在泰米尔游荡。依旧是人头攒动的街巷，各种肤色的脸，鳞次栉比的小店，花里胡哨的小物件。可这一切，已提不起我多少兴致。只是，偶尔，沉不住气地偷瞄一眼身旁的S：清炯炯的大眼睛、毛绒绒的长睫毛、风度翩翩的微笑。就这么一位帅得一塌糊涂、稀里哗啦、张扬无忌的家伙，居然是我的导游、背夫、翻译兼陪聊。我有一种漫步云端的飘忽！

有人说，生活即使像白开水，只要换个漂亮的玻璃杯，就会赏心悦目。

S，就是我今天的那只玻璃杯。

晚上，和S一块去参加了他朋友的牛日Party。我们品尝了寿星亲手做的酸奶，放飞了瑞香纸糊的许愿灯，还被他的朋友在额头上点了提卡。末了，S唱了他的招牌歌曲——缠绵幽婉、细腻清香的《茉莉花》。

在迷离微醺的灯光下，S的轮廓半隐在烛火的影子里，摇晃的光影勾现出他深邃含情的眼眸和温润性感的双唇。不知不觉间有一丝热燥，还有些恍惚间的乱梦颠倒、意乱情迷。

我喝下一杯冰水，告诉自己：没关系，这些，不过是泰米尔气息。

22：00，赶回宾馆给同伴们送行，他们将搭乘午夜航班飞回北京。一天的自由购物让他们的行李包一个垒一个，个个像土豪。他们都惊诧于我将独行印度。我说人的一生至少要冲动一次，为说走就走的旅行。张阿姨说，不对，人的一生中至少要有两次冲动，一次为说走就走的旅行，一次为奋不顾身的爱情。

我明白她的潜台词，笑说，此行印度若能相中一个婆罗门男友，我一定带他去北京让您过目。

大家说笑逗趣，却掩盖不了离愁。16天的朝夕相处，已成为我们人生的共同记忆。旅程结束，一切都将回归原来的模样，按时上班，有序生活，吸食人间烟火，继续平凡的每一天。曾经的感动和感悟，会让以后的生活有所不同吗？

怦然心动

早晨醒来，不由自主地——笑了。只是因为能在我喜欢的异乡，安然醒来。

因为是明天飞印度德里，所以，我还有一天与它默然静处。闲逛、喝茶、晒太阳……我心里盘算着，可身子被窗框透进的阳光麻酥酥地包围着，丝毫懒得动弹。还有宿酒在脑子里隐隐作怪，让我模糊忆起那些可爱的鲜花、蛋糕、烛光、眼神，一种软溶溶、暖融融的感觉悄悄在心头泛开。

出宾馆时，意外在大厅门口的沙发上看见了S。他看见我有点窘，说：“来了一会儿了，怕打扰你睡觉，就一直在这儿等着。”

我悬疑地看着他。

S接着说：“我借了一辆摩托车，你想去哪儿我就带你去哪儿。”

心里，仿佛融化了蜜糖，甜到了极点。

加德满都的大街上，车辚马萧。花花绿绿的摩托车蜂拥而来呼啸而去，势头虽不比越南西贡，但在这样人车混行的窄窄街区，想骑出点速度和风度，还真要点车技。S显然没有，歪歪扭扭地蛇行不说，还动不动一个急刹，我只好惶惶不安地从背后紧搂着他的腰，却听见自己的怦然心跳。

我们去了加德满都谷名气最大的佛塔——斯瓦扬布纳特（Swayambhunath）。它有2500年的历史，释迦牟尼曾在此修行，且收了1500个弟子。朝拜这座神迹得先攀登300级陡峭的台阶，一路有顽劣的小猴，抓耳挠腮地向游人讨吃的，吃完了又把花生壳甩还给人家。有佛性的猴子就是通灵。

远远地就看见了斯瓦扬布纳特佛塔。纯白的塔基、金黄的塔身、高耸的宝顶，中间一截镀金的方型砌石的四面，各镌刻着一双半睁微闭的智慧之眼，据说能看清人间善恶。塔的神奇在于无论你在任何位置，从何种角度仰视它，都好像被它注视着。慧眼下像红色问号的鼻子，是梵文的“一”，象征大千世界的和谐统一。它还阐释着佛的初心：只有止恶行善，方能离苦得乐。

斯瓦扬布纳特前的“天鼓”上有一件巨大的金刚杵，“天鼓”四周雕刻着生动的十二生肖浮雕，中国的元素居然出现在这儿，让我疑惑。

S眼亮心明，解释说：“这佛塔与中国颇有渊源。文殊菩萨曾从五台山远道来此修行，宣扬佛法。并为佛塔加持，授予了十二字咒语。唐朝、清朝使节到尼泊尔访问时，也专程到这个寺庙，赠送了皇帝布施的厚重礼物。而在斯瓦扬布纳特周围众多的寺院中，不少是藏族人在最近半个世纪修建的藏传佛教寺院。”

随着众多信徒瞻礼拜佛后，见女人们在一尊神龛前取了提卡点在额头。S怂恿我也点一个，他说提卡能赐福，消灾避邪。点上了，中国的佛和尼泊尔的神会一起保佑我去印度，保佑我平安回家。

我尚在踟蹰，S已用食指蘸了鲜红的提卡粉，小心翼翼地点在我的眉心。他一双灼灼的眼睛紧紧地、近近地注视着我，喃喃地说：“漂亮，真漂亮！”

我腮颊火烫，心如撞鹿，忙转身逃开了他的目光。

站在斯瓦扬布纳特山巅放飞视线，空旷的天穹，蓝得纯粹彻底。而在高远的天空下是静怡的Nepal，不食人间烟火地躺在大地上。

明天，就要离开了，真想把此刻的一切刻录在记忆中，永久珍藏。

再见，Nepal

终于，一个人踏上漫漫异旅。以前也常一个人出门旅行，但一个人跨国自由行，这还是第一次。

早上退房时，仍百思不得其解：明明是纯游西藏的，怎么跑到尼泊尔来了？说来就来了，说走又走了，像做了一篇跑题的作文。跑一次就罢了，为什么又一时兴起要跑到印度去呢？

或许，只因为生活中有太多不能自主的事，于是偏要找机会任性一下，否则不甘心。

拖着行李箱去机场。依旧是纷纷攘攘的街，闲闲懒懒的人。曾以为在这儿腻久了，我也能变得万事不挂心。可现在，心情却如同手中的行李，越拖越沉了。

昨晚和S告别。他说，第二天要接团，不能去机场送我了。

我说："没关系，已经习惯了一个人。"

"还会再见吗？"

"会吧。二十年后，我去帕斯帕提纳神庙看你。"

"二十年后？你太老了，老得我一定认不出了。"

我扑哧一笑，正搜肠刮肚找恶毒的词回敬他，他又低低地说："我不想等那么久！"

我呆望着，他的眼睛清澈透明若水深情，我溺入其中，却不甘沉沦，我拼命地挣扎，用最后一丝力气逃出那汪深潭，逃回了房间……

加德满都飞德里的飞机很小，乘客寥寥。清清冷冷的，倒也合心境。眩窗外，秋光静好，岁月疏离。思绪随轻拢慢涌的云飘荡在渐行渐远的尼泊尔时光：在加德满都密入蛛网的小巷里一次次迷路，在大象村给那些馋嘴的家伙们喂香蕉，在博卡拉清澈的湖水里随波逐流，在巴格马蒂河边倾听梵音缭绕，在奇特旺和土著用微笑和手语聊天，在泰米尔街像富婆一样地撒钞票……这些记忆碎片里，最动人的还是那些微笑的脸：在金黄稻田里辛苦劳作却快乐说笑的村妇，在泥巴草屋前拍大头照的大眼睛姐弟俩，在巴德岗街头像花团般锦簇着我的女学生，以及，S。

一时间，心里有着微微的酸楚。有些事哪怕发生在昨天，却已沧海桑田；有些人虽仅一面，可已永刻心间。

打开背包翻出一封信，是昨夜很晚时，S从门缝塞进来的。与其说是信，倒不如说是小学生涂鸦。有汉字、拼音、英文、画儿……拼凑起来是一份周详的印度旅程表。什么时候坐什么车去什么地看什么景，晚上住哪街哪巷哪店，还有密密麻麻的一大串联系电话，最后一个是S的手机号。

折上信笺，心里一阵温柔的牵痛。

旁坐的印度男孩见我郁郁地自思自想，探问：“你害怕坐飞机吗？”

我摇头。

“昨天，从加德满都飞博卡拉的飞机坠毁了，机上有五个中国人，其中有你的朋友吗？”

我惊愕地摇头。

“其实死不可怕，你还有来生，很多很多次来生。”

——S，如果有来生，我们再见吧！

小贴士

◎如果从西藏的樟木进入尼泊尔，一定记得在樟木口岸把尼币换足，这里的汇率最划算。

◎尼泊尔人将牛视为圣物，所以对牛一定要充满敬意，绝不可亵渎。

◎穷游的朋友可住在加德满都的泰米尔区，这里的小客栈，便宜又小资。

◎10月~3月，是徒步旅行的最佳时节，也是尼泊尔的旅游旺季。

◎如果爱好漂流，选择5月~9月的雨季，会使这项运动更为刺激。

◎尼泊尔通用三孔圆插的电源插座，可自带一个德标电源换转器，方便使用。

◎尼泊尔人从来不把游客当贼防着，景点门票查得很松，进出自如。

◎加德满都有好多摩托车行，可以租车一日游，二日游，价格低廉，“骑”乐无穷。

行知天下

加德满都谷地世界文化遗产名录

加德满都杜巴广场	（加德满都）
巴德岗杜巴广场	（巴德岗）
帕坦杜巴广场	（帕坦）
帕斯帕提纳神庙	（加德满都）
斯瓦扬布佛塔	（加德满都）
保纳特佛塔	（加德满都）
昌古·纳拉延神庙	（巴德岗）

印度
——不可思议的国度
India, the incredible country

你踏尘而来
铣足褴褛　面目黎黑
心却有着莲花的洁白

你踏歌而来
和着梵音　夹着祷告
脚步踩着飞鸟的节拍

你踏水而来
悠悠恒河　渺渺烟波
只为漫朔到心的依所

这里，是人生的原点
是诸神休憩的所在
是安置我们灵魂的蓬莱

搞不懂的印度

下午4：00，抵达印度新德里(Delhi)的英迪拉•甘地国际机场。相比加德满都机场，它果然更有大哥大的气势：浩大雍容，金碧辉煌。最闪眼的是海关大厅墙壁上十只硕大无朋的禅意的手，将佛国至尊昭然于天下。每只手心一朵莲花，似乎隐喻着：在这个信仰的国度，五欲六尘沾不得，染不得，效法莲花的清净，方能解脱自在。

过海关。验证官问：“中国人?”

“是的。”

“一个人来印度？”

“是的。”

他做了个不可思议的鬼脸，退还护照时附送我一句忧心忡忡的赠言：“愿神保佑你！”眼神有明确无误的担心和“此地危险，独女慎入”的意味。若是在以前，我肯定忐忑了，调头回家都有可能。可在尼泊尔，认识了死神是一个根本不按牌理出牌的家伙，没有规则，不按顺序，点到谁就是谁后，我便不那么惧怕死亡了。生当欣然，去亦无憾。有时一个冒失的决定，说不定能造就人生一段美丽的传奇。

拿着盖章的护照，跨过印尼边界线。

这边人海汪洋，纱丽荡漾。那些穿着紧绷暴露的纱丽女无不前凸后翘，肉香逼人。她们跟身旁的男人说话时眼角眉梢都挂着妖娆。相形之下，我的素颜骨感毫无撩人之处。在印度，人身应该相当的安全吧?

纱丽女傍着的大多是顶着“磨盘”似包头的男人。他们个个腰圆肚阔，身材魁梧，一脸茂盛的络腮胡。衣服的质地和做工有种触目的华贵精良。他们是锡克族人，印度最有钱的一个民族。他们终生不剪发，只用一条13米的发布层层围起，晚上睡觉时才打开。印度政府也迁就他们，允许他们骑摩托车不戴头盔，参军不戴制式军帽，只用在包头布上别个军徽就行。

这里，仰睇俯瞰皆是美女俊男，连厕所门口都站着宝莱坞影星的巨幅照。电影在印度，丝毫不亚于宗教，老百姓可以没饭吃，但不能没电影看。他们甚至希望在屏幕上扮演英雄、充当大神的演员，能到现实生活中做拯救他们的救世主。

可干嘛把他们的救世主弄两个守厕所，我就想不明白了。

机场还有一道特别的风景。许多穿黑衣的年轻小生推着轮椅老人，帮他们过关，填入境卡，申报，取行李，无微不至。轮椅老人个个脸相富态，精神矍铄，丝毫没有残障人的困顿萎靡。黑衣小生一直护送他们出机场，帮他们拦好的士。这时，诡异的事情发生了，只见轮椅老人腾的一下纵身站起，很阔绰地从兜里掏出几张大额钞票递给小生，然后，傲然登车，绝尘而去。

留下我木立当场：见过尊贵的人，没见过连路都不愿意走两步的尊贵的人。

此时，又一辆的士滑到我面前，我拉开门正欲上车，一辆轮椅车如风骤至，一个包头蓄发的老头从轮椅上蹭地跃起，身手敏捷地抢我之先钻进的士，坐定后，他还不忘用热烈的肢体语言提示我替他关好车门。

我瞬间石化了，这么尊贵的人也玩rob。

难怪，妹尾河童说：印度唯一能搞懂的，就是什么也搞不懂。

温柔的风景

在尼泊尔时，一切的衣食住行似乎只需要按一下按钮，就可以按编辑好的程式一路轻快地运行。现在好，空降到临时起意的印度，没有固定程式，没有自助攻略，只有一张S手绘的纸质旅程表。别无指望了，只能按照它的第一指示，先找到Parkland Grand 酒店。

酒店外观平庸，内堂布置却精巧典雅。欧式复古的高背沙发、整墙满幅的印象派油画、橱柜茶几上几件雅俗共赏的小摆设、窗台的盆栽中盛开的白色香花，让人恍若置身欧洲贵族的豪宅。唯一有印度文化痕迹的，是前台供奉的象鼻神，神前有袅袅梵香，让人入定安然。

兀自左顾右盼中，前台经理已迎上来，彬彬有礼地轻唤我的名字。我惊诧地看着他，他含蓄微笑，并不回答我眉宇间的疑惑。

登记入住，回房间稍事休息后下楼晚餐。前台经理恭引我到餐厅，安排膳食，还陪我小聊了一会儿。原来他是尼泊尔人，叫M，是S换帖死党。因为爱上一个低种姓的女孩，得不到家人认可，于是私奔到印度，在这儿安了家。

尼泊尔和印度都信奉印度教。印度教将人分成四个等级：婆罗门、刹帝利、吠舍和首陀罗。它有一套特别的创世说：梵天创造万物时，他的嘴变成了婆罗门，双手变成刹帝利，两条腿成了吠舍，脚变成了首陀罗。这样，人分三六九等，也就有了合理的解释。婆罗门多是从事神职工作，刹帝利是贵族和武士，吠舍是商人，首陀罗则是下等农民或雇工。种姓不可改变，祖上为吠舍世世代代都是吠舍。不同种姓之间不能通婚，否则子女会被打入贱民阶级。贱民被排斥在四个等级之外，被看作不可碰触的人，在社会上备受歧视。

“好在，种姓没印在身份证上。在印度，没人知道我和妻子的种姓，我们在这儿生活得平静幸福。”M顿一顿道，“S是我恋爱时唯一的支持者，所以，他现在追女朋友，我理当效犬马之力。”他一边诡谲地笑，一边从西装口袋掏出一张SIM手机卡，“这是S特别交代我买给你的，号码的后六位是你的生日。”

我骇住了，怔怔地接过手机卡，隐约回想起些什么，刚想去捕捉却又一闪而逝。思路乱纷纷的有些眩晕，恍惚觉得这卡一旦插进了手机，S也将随之闯进我的生活，而我和他可能会演绎出一段故事来。

开机，立刻飞出一首诗：

从今天起
做一个随心所至的人
与道之所遇随缘而喜
与心之所爱保持联系
不一定面朝大海
但心里要春暖花开——by S.

“从没见S对一个女孩这么用心过。他用心的事，连神明都阻挡不了。”M笑着意味深长地说。

M告辞后，我独自晚餐。一杯红酒，一点烛光，一首小诗，似有若无的香气，徘徊迂缓的音乐，让我漂浮在淡淡的馨香中，那个狡黠俏皮的笑容在这氤氲的背景上若隐若现……谁说旅行一定要千山万水、千辛万苦？有时温柔的风景就在眼前，它是一种发自心底、也只能藏于心底的无以言喻的幸福。它或许看不见，却有时比看得见的风景更浪漫诗意、撩拨心弦。

一个人的旅行，不一定都寂寞。

幸福在印度

印度的第一个清晨，被阳光叫醒。

我懒骨酥软，一动不动。想到又将有一个月的时间不用上班，幸福感油然而生。连太阳的光斑都兴奋得从窗帘的镂空处跳到地上，随风而舞。还有音乐在什么地方响起，为它伴奏。哦，不对，是手机短信铃在响。

湿婆神是我的主
我是你的仆
带上我的护身符
神与你同路——by S.

还没等我反应过来，一串短信批发而来，全是他的自拍照：扮相怪酷的S、恬静微笑的S、呲牙咧嘴的S、甜蜜假寐的S…… "选一张护身符，做屏保。"

想—得—美！

下楼早餐，餐厅里有三十多个阳光俊朗的大男孩正旁若无人地说笑逗趣、插科打诨。他们一个个卷发如漆，面如冠玉。我正思忖他们的身份，其中一个男生已走过来和我打招呼。原来他们都是阿富汗留学生，因为获得德里医学院的全额奖学金，每天可在这免费吃住。很快，三十多个大男孩都围拢过来，叽叽喳喳地向我询东问西，那么多的明眸皓齿，闪闪的让人转不开眼眸。

早餐后，我们一块儿愉快合影。他们都喜欢做“剪刀手”，我笑说那表示很“二”。他们认真地说在他们国家表示“胜利”。我忘了，他们是圣战之子。除大合影外，他们每个人都要求与我单照一张，说回去后告诉他们家人，我是他们的女朋友。我只好假为其难，面露羞色地一一满足他们的愿望，其实，内心乐不可支。

只是不知道一年后，这些大男孩回到战火纷飞的阿富汗，是做救死扶伤的医生，还是做圣战的炮灰勇士？但这一刻他们是幸福的。真主：请保佑他们！

九点，我的三十个多个“男友”上课去了，我则端着相机出门“扫”街。印度男人享受注视，也享受被注视。街头随处可见闲站着无所事事的人，破衣烂衫，身披一张棉毯，他们唯一可做的事情好像就是站在街上等着事情发生。还有好些男人穿着三角内裤裸着上身临街洗澡，看见我了，还邪邪地笑。

马路牙子上有人并肩刷牙，牙刷是一支木棍，他们边刷还边叨叨谈笑，泡沫横飞。车水马龙的丁字口，熟人相遇，一定踩了刹车，寒暄一番，互问对方的姐姐妹妹七大姑八大姨好。路边喝茶的小摊，坐着三五个人，半个钟头才喝完一杯红茶，喝完了再续一杯。

临街的商铺并不多，零星的几家杂货铺，巴掌大小，也没什么值钱的东西。他们也不觉得寒酸，逍遥地坐在店里，面对我的镜头，乐呵呵的像大财团的boss。

所有人都安逸、知足地享受着天赋的光阴。

给街头一位悠闲自得的老奶奶拍照，我笑问她，天天都坐在这儿晒太阳吗，真闲啊！她不屑地答：忙忙碌碌活八十，晒晒太阳也活八十，为什么要那么着急去赶死呢？我语塞。她笑着邀我去她家做客，为澄清我不是急于赶死的，连忙点头。

踏进她家低矮的门框，迎面是一个透天的中庭，中庭后是一幢两层楼房。房子里住着三十八口人，两头牛，五只狗，六只猫，满屋檐咕咕叫唤的肥鸽。屋子里全是女人，女儿、儿媳、孙女、外孙女，忙忙碌碌地烧饭，洗衣服，带孩子。男人们都不在家，想是到街头闲逛打望去了。正好，我可以无所顾忌地在她们家闲坐八卦，给所有的小孩儿发糖套近乎。

她们都新奇地看着我笑，有一个年轻的妈妈甚至伸手向我要糖吃，其实她也就十五岁。小家伙们尝到了甜头，便跟我熟络起来，叽叽喳喳地围着我打闹，在我亲了一个鼻涕横流的大眼睛小婴儿后，她们就全扑上身来，和我腻歪的像一家人。

快乐是无国界的。尽管这个家看起来乱哄哄吵闹闹的，也不富裕，但她们在心底却是舒适有依的，幸福的。

一份联合国的调查报告指出：印度人的幸福指数排名世界第一。儿时常唱的一首歌《幸福在哪里》，经过这么多年后才明白：幸福在印度。但显然，他们的幸福来源并非物质的富足，一个陌生人的造访，一张亲密的合影，一颗漂亮的水果糖，都能成为幸福的密匙。

小人物，小欲望，小满足，才是大幸福。

如莲的微笑

去莲花庙，完全是老奶奶的怂恿。她还特别安排一个儿子和三个孙女送我去车站。车开很远了，他们还站在原地跟我挥手，很质朴很有人情味的一家人。

我相信上帝的每一个安排都别有深意。邂逅老奶奶一家，或许就是为了让我遇见莲花庙，让我明白什么是旅行中的不期而遇，让我尝试着摒弃预设和规划，敞开心接受一切未知的可能。

而旅途中最美好的景物，往往就是这样偶得的。

譬如莲花庙。想当然地想，它应该是一个印度教或佛教的神庙吧。可走进景区，一座纯白耀眼的巴哈伊教灵曦堂，突然似一朵含苞的白莲绽放眼前。它由27片大理石贴面“花瓣”构成，“花瓣”三层九面精巧地合抱成骨朵，清雅地端然于水池中央。九个连贯相通的水池，碧水环流，绿风荡漾，平添了“莲花”的灵动和娇柔。这些水池还有制冷的功用，能让饱尝酷热的印度人在灵曦堂内祷告时静享清凉。这瑰意琦行，不知出自谁的手笔，使灵曦堂折服世人，成为世界上被访问次数最多的建筑物之一，每年有逾450万人来此膜拜，修持，瞻仰，与上帝神会。

莲花是纯情专一的象征，就像巴哈伊教传播的精神：上帝唯一，宗教同源，人类一家。它坚信：唯一造物主对同一人类，只有一个整体计划。这个晚于世界主流宗教，独立而独特的教派，它全部的经文都是由创教者——巴哈欧拉亲笔启示。他是否在籍此阐明：作为神的圣使，他同样也是唯一的。

但凡想做“唯一”的人，都是要付出“超凡”代价的。释迦牟尼苦修六年方才悟得至道；耶稣被钉上了十字架后才得以复活；穆罕默德洞穴隐居数年才有天使伽布里尔在眼前出现……巴哈欧拉也是在享受四十年流放监禁生涯后，才被上帝召唤，带给人类新的天启。他们都是经历了大苦大悲后，成为人类先知的。可见，一个人的幸福与悲惨是等量的。按次类推，我现在吃越多的苦，就是为将来积越多的福了？

步入灵曦堂，偌大的祈祷厅隐透着神圣的气息。一千多信徒和游客恭谦地端坐于大理石砌的长凳，听牧师布道，诵经，唱圣歌。那纯净的声音似行云流水，类天籁之音，使人五内疏瀹，精神澡雪。古语有“天似穹庐”之说，这里却穹庐似天。整个穹顶没有任何支柱，就那么气势磅礴地悬罩于半空，稳稳当当。极目仰视中，能感觉天顶有一种恢宏的包容，似上帝在冥冥间透过穹顶的轩窗关照我辈芸芸苍生。

礼毕出厅，游客们开始忙着以灵曦堂为背景拍照。一对印度情侣让我帮忙拍合影，我慨而允之。哪知男孩得寸进尺地要与我合影，问我是否介意。我揶揄道，你女朋友不介意，我有什么好介意的？

女孩莞尔一笑，冰洁的笑容一如她身后含苞的莲花，清纯素然，媚而不妖。我小心翼翼端起相机，可快门声还是碰碎了她微笑的涟漪……

印度门的不朽

今日天朗气清
麻雀们在枝头咕咕唧唧
心乱了
不知道是因为它们
还是因为你——by S.

我正在梦里睡得不亦乐乎，S的叫醒短信就来了。读完，翻身继续做梦。一会儿短信又来一条："出门抹点防晒霜，小心回来一脸玛瑙。"

这厮真比麻雀还吵。

起床，洗脸刷牙，抹防晒霜。本不喜欢大热天抹些油乎乎的东西，可既然有人远天远地的在意，我就委屈一下吧。

出宾馆，火辣辣的天，太阳如热油般倾倒下来。走路是一种折磨，于是拦下一辆斯古特（一种极简陋的三轮摩托车），告知去印度门。

斯古特司机和我饶舌了半天，问："是去Gate of India，还是India Gate？"

"有区别吗？"我不耐烦地一挥手，"随你。"

司机狡黠一笑，做了"OK"的手势。转身用光脚板一踩油门，欢喜启程。印度人爱音乐是出名的，叮咣作响的铁皮车内开着收录机，音质不咋地，音亮却超大。好在印度情歌缠绵幽婉，司机摇首摆尾，随声哼唱的也颇传神，让人不经意间沉湎迷醉。

不知不觉在路上已兜转了半个钟头，斯古特早已离开了车马喧嚣的大道，拐进了清冷僻静的小街，不禁心生疑窦地问一句：“还有多远？”

司机轻描淡写道：“早呢，要好几天吧。”

我的心咯噔一下，差点停止了跳动。

后来得知，印度有两个印度门。一个在孟买，叫“Gate of India”；另一个在德里，叫“India Gate”。斯古特司机此刻假意要带我去的是孟买那个印度门。

他——真幽默。

S曾说，听印度人讲英文能让人休克。我当时武断地以为，一定是他们的“杂牌”英文太烂。现在看来恰恰相反，人家的英文可是好到了能咬文嚼字的地步。

拐弯抹角，千回百转，终于见到德里的印度门。

德里的印度门颇像法国的凯旋门，只是意义相左。凯旋门是为纪念战争胜利、勇士凯旋而建，而印度门则是为了凭吊在第一次世界大战中为英国参战而牺牲的九万印度士兵。史书上记载：“这九万士兵牺牲前都以为，这样死命地为英国打仗，战争结束后英国一定会还印度独立。战场上的英国军官们如此信誓旦旦过。可等到战争结束，根本没那回事，全都白死了。”

我似乎有点理解刚才那个忽悠我的车夫了。他情愿舍近求远去千里之外的另一个印度门，也不愿就近来这儿看埋葬了他数万同胞的纪念碑。这里埋葬的还有全印度人最屈辱的记忆吧？

印度门顶端的圆石盆里燃烧着终年不熄的圣火，温暖着石碑上那些冰冷的名字。黑色大理石碑上，立着一支步枪，步枪上顶着一个悲伤的钢盔。石碑侧面镌刻着两个金色的大字Amar Jawan——不朽的士兵。

他们是不朽的！他们的生命不会平白无故地消失，历史以更为醒目恒久的方式记住了他们。他们的牺牲，唤起了全印度人民的觉醒，更为世界史上走出一位民权领袖埋下深深的伏笔。

圣雄甘地

去甘地墓，徒步。

倒不是怕与斯古特司机斗智斗口语，只是觉得去拜谒一位伟大的老人，这是起码的虔诚。

一路上，脑海里滑过的全是电影《甘地传》中的镜头：一位干瘦的老头，光头赤足，为抗议英国盐税，他步行至海边，亲手滤水晒盐。九万印度兵的屈死和英国战后的背信弃义，使他决意推翻英帝国的殖民统治。他选择了非暴力不合作方式，没有军旗，没有枪炮，只有沉默的坚韧。他穿过阡陌和村庄后的阡陌和村庄，越过高山和平原后的高山和平原，进行坚持不懈地和平大进军。他身后的队伍滚雪球一样越来越壮大，几乎覆盖了整整一个民族。面对英军的刺刀和大棒，手无寸铁的他们义无反顾地迎上去，鲜血淋漓地倒下来。他们宁愿牺牲也绝对不反抗，前仆后继，后继前仆……直至所有在场的新闻记者都闭上了眼睛，所有的镇压者都颤栗了双手，他们惊恐万状地逃离这些赤手空拳的人，并最终交出政权。1947年，这位老人，不费一枪一弹实现了印度的独立。

爱因斯坦说，后代子孙将无法相信，世上曾活生生地出现过这号人物……

的确，相比历史上无数毁城灭族血溅疆场的杀戮，他的方法消极得近乎天方夜谭。可他成功了，且震撼了世界。

甘地墓在德里的朱木拿河畔，四周是一片开阔的绿地，碧草如茵，完全没有寻常墓园的翛然凄零。随着济济的人头和虔诚的赤足，轻轻走近老人的陵墓。黑色大理石墓方正矮小，上面点缀着红橙相间的小花，墓尾有一盏玻璃罩着的长明灯，在日光下淡淡的亮着。

这就是甘地墓，朴实低调得一如老人生前。

遥想古代君王的陵寝，无不有气吞长虹之豪迈轩昂，但它们仅让后人记住了帝王的名字。唯独这座甘地墓，人们更能记住的是长眠其中的精神。

绕墓一周出来，墓园外的草坪上到处是休憩闲谈的绿女红男、奔跑玩乐的孩童少年，他们的欢笑声随着惊起的鸽群扑啦啦地飞向天空，再从阳光中落下来。一些铣足褴褛的流浪汉也悠闲而舒展地仰躺着，眯着眼睛，微微笑着，脏脏的脸上被太阳晒出了红晕。这一刻，阳光公平地洒在大地上，给所有人同样的温暖和快乐。

和平犹如空气和阳光，受之不觉，失之难存。

耳畔悠然回响老人那句贯穿全片的话："当我绝望时，我会想起，在历史上只有真理和爱能得胜。历史上有很多暴君和凶手，在短期内或许是所向无敌的，但他们终究总会失败。好好想一想，永远都是这样。"

永远都是这样。如今这里呈现出的和平、安宁和爱是最好的证明。

可惜，老人已经不在，但他都能看见。我知道。

Grow Old or Grow Up

去瓦拉纳西(Varanasi)一票难求，所以提前一天去德里火车站碰运气。

卖票的三个窗口中，有一个用英文写着“女士专用”，窗口却围着一团油黑粗壮的男人，个个伸长胳膊向那个小小的洞里挤。我想跟他们理论，一开口却发现我们说话不在同一个语境里。没辙，只好站在漫漫长队后，任凭中途不断有男人插队加塞儿，干瞪眼。

这时，来了一对头发花白的外国夫妇，用印地语与那些男人们交谈。他们语调严缓，吐字和平，可三言两语后，那些男人们的面孔开始红一阵白一阵地犯窘，继而作鸟兽散了。

十分钟后，我们仨如愿以偿走出火车站。

两位老人是以色列人，健谈乐观，自称物理年龄65岁，心理年龄25岁。退休前，都是老师；余生，打算全都用来旅行。书永远是随身携带的。他们说，没人打扰时，要静心读书，如果不读书，行万里路也不过是个邮差。任何时候都要keep mind work，不能让自己成为dead leaf.

很喜欢听两位老人讲睿智的生活哲理，所以当他们说要去访问一所学校并邀请我时，我欣然同往。

地球人都知道，印度有10亿人口，其中三分之一是文盲。而这个数据还是在识字标准降低到可笑的程度后才取得的：只要能写出自己名字之外的任何一个字就不算文盲。可见其文盲程度之高。它的学校又能有多好？权当是去看热闹吧！我想。

走近中学，眼前的情境却让我大大地吃了一惊。开放式的校门口展示着许多学生的绘画作品。校区内，近千名学生幕天席地，在操场上挥笔作画。他们穿着漂亮的校服，各年级颜色不同，款式一样，全部英伦风格。他们在描绘风景，殊不知他们本身也是风景。最好看的是他们的眼神，清澈纯净，乐观自信。看见我们，都扬起灿烂的笑和我们打招呼，那种友好和热情像印度夏季的阳光，直射心田。

他们正在举行的是五—八年级的绘画大赛。大赛只有主题，没有风格限制，大家恣意发挥。如此随性的氛围，自然容易迸发出灵感的火花，所以看他们的画，张张异趣生动，创意奇幻。操场对面的主席台，端坐着十多位老师和十多枚奖杯。铃声响过，所有的作品将现场评定，现场颁奖。

一个普通中学，举办如此公开民主、声势非凡的绘画大赛，这才是真正的素质教育吧。

让人惊诧的是，这所学校的校长Nataraj先生，居然是两位老人在剑桥大学的学生。当Nataraj校长从主席台上走下来，认出他的老师，三个人相拥而泣。

我呆立一旁，像看戏里的桥段。人生如戏，因为戏里说的都是真实的人生。

Nataraj校长说，最怀念剑桥读书时跟老师喝下午茶的时光，没有课堂的拘束，没有师生的尊卑，大家围坐一块儿，畅所欲言，时不时开些无伤大雅的玩笑，学生的创意在亲和温馨的氛围中得到提升。他觉得很受益，所以把这套理念照搬回国。他还记得老师说过，这世上有三样东西是别人抢不走的：吃进胃里的食物；读进大脑的书；藏在心中的梦想。所以，他给今天绘画比赛的命题是“梦想”，因为这些孩子们的梦想将成就印度的未来。目前，印度15~35岁的青年占总人口的40%，差不多5亿。世界上没有哪一个国家拥有如此多的年轻人。未来十年，或许能成为中国竞争对手的只有印度了。

我点头。虽然我觉着最后一句话的娱乐成分居多。

Nataraj校长因要去给大赛颁奖，我们就此作别。随机一次检阅式拜访，让两位老人很欣慰很开心。他们感慨地对我说：年轻时不要存钱，把钱多用来看看外面的世界。如果时间没有变成体验，那么我们只会grow old (变老)，而不能grow up（成长）。

这话，是岁月沉淀后的真知灼见，我定当谨记。

不可思议

想你 你却遥远
幸好有你的照片
每看你一眼
你就对我笑一次
看一百眼
你就笑一百次
你为何笑得不眠不休——by S.

这小子真执着，每早七点准时献诗。我大概和他前世结了梁子，在一起时抬杠斗嘴，不在一起时却谈情说爱。想起子于，那么一个专职码字的人，追女孩时也就一周一封信，S倒好，一天一首诗，还不是用母语。

不可思议！

早餐后，去德里城溜达。一路同行的有悠闲的牛、懒散的马、拖沓的骆驼、痞气的猴子、泰然的大象，还有草地上四处奔跑的松鼠、树枝上跳跃的啄木鸟、隐天蔽日的鸽子乌鸦……凡此种种，让人叹为观止。这城市，简直就是露天动物园啊！

确切说，是人、神、动物和平共处的伊甸园。神庇护人，人庇护动物，动物宛若是神。人类的文明规范在这片自由的天空下，统统行不通，这里，只讲

求自然法则。却由此，构成了一副五颜六色、另类乖张的印度市井浮世绘，无处不见奇趣可乐的稀罕景和怪现象。

厕所在户外。即便是首都，公厕也极少，内急时真是入地无门，活人又不能让那个憋死。所以，总能看见男人们在路边宽衣解带，仰头长嘘，顺带浇灌花树。路人见怪不怪，目不斜视，昂然而过。

大师像乞丐。印度教的Baba大师街头随处可见，他们被看成是来凡尘普度众生的“神的使者”。因为主张苦修，常常乞讨为生，所以面目落拓，麻鞋鹑衣，俨然像是乞丐了。

神像站庙外。城市的大街小巷都能看到神龛神庙，路过的信徒会驻足祈拜一番。印度教的神和气亲民，全都站在庙外的墙垣屋顶，不避风雨，供人瞻仰膜拜。神庙里面反倒空荡荡一个神一个人也没有。

汽车耳朵摘。大马路上少有行道线，更别说快慢车道、自行车道、人行横道了。车流乱哄哄地扎一块儿，往哪个方向开的都有，完全不存在“逆行”一说。大家你挤我拥，碰撞难免，司机们索性将车外两侧的后视镜摘了，节省空间避免事端。

衣服地上晒。衣服被单通常在河边洗，洗后放在河滩的泥地上风干晾晒。纯天然，原生态，完全不避

讳土的脏。细想也易于理解，相比于人类制造的种种毒物，养育众生的土应该算是神圣的。

门票价格怪。不仅是怪，简直是欺负老外。同一个景区，外国人的门票比印度人的门票贵一百倍不止。譬如红堡，印度人的票价2卢比，外国人5美金（约合309卢比）。Oh，my god！难怪印度人个个都那么有幸福感。

买红堡的门票时，旁边窗口的一印度人看我递美金，逗我说：“2卢比就可以了。”然后呲牙咧嘴幸灾乐祸地笑。真是花钱又怄气。

红堡最初的主人是沙杰汗，当之无愧的建筑狂人，建了一座泰姬陵就已是前无古人，又在这儿建了座后无来者的皇宫。犹如北京的紫禁城，巨大的皇宫由厚重的城墙和护城河把守，城墙很高，亚穆纳河很长，入口的拉合尔门还筑得一夫当关万夫莫开。红堡里面的楼、台、殿、阁多是灰白色大理石建筑，石柱

上、檐壁上镶嵌了无数红、绿、黄、紫宝石，概可想见当年莫卧儿王朝的奢靡堂皇。如今，这座古堡已走入历史，升格成古迹。寻常百姓买张小门票便可登堂入殿，轻松观览。可这儿毕竟曾是非同一般的皇宫，游走其间，难免找不着北。所幸阳光好，风景好，买那么贵的门票，多逛几次也是应当。

直逛到日色西斜，方才遇到一个清扫女工，她见我一脸疲累茫然，一挥手中的笤帚示意“跟我来”，我这才踩着她的背影，穿明道涉暗梯，穿出古堡。俯首道谢时，妇女突然把手掌平展地摊开在我面前，我心领神会地掏给她20卢布，她狠狠地摇头，遂又追加20卢布，她方才用手指弹弹钞票，倨傲地离开。喔，对了，印度还有一怪：路要钞票带。

这就是印度，任何看起来不可思议的事都是天经地义的。因为人家是Incredible India!

家门的荣光

虽然在国内的春运中身经百战，可走进德里火车站，面对汪洋的人海，我还是心不由己地忐忑了。

这里，好像用Ctrl+C将国内春运的人复制了好几倍，顷刻间就感觉自己是一滴水落入了翻滚的尘土，霎那间就迷失了。人群像沙丁鱼群般慢吞吞地蠕动，我不敢回头，怕回头间一不小心就吻到某个印度帅哥的脸。真要是帅哥，还能算艳遇，可这里面混迹了好些流浪汉和乞丐，脏兮兮，臭烘烘的，还总伸着条胳膊或半瘸的腿拦人去路。过道上也见缝插针地打着地铺，以至于每踏出的一脚都可能踩到一个肉呼呼的真身。神牛、野狗、鸽子和乌鸦也来凑热闹，天上地下到处活跃着它们游走觅食的身影。

月台上也铺满了人，一家一簇地围坐一团。有人闲扯家常，有人坐地而食，有人拿毛巾洗脸擦身。猛然间，还有人从编织袋里掏出一个光屁股的真娃娃。这里的孩子大多光着屁股，赤着脚丫，随处打滚，就地而席。小手在地上抓来扰去，再把黑掌印拍在其他小朋友的脸蛋上，发出恣意快活的笑。

可我完全笑不起来。因为我很快发现，这个火车站既没有广播系统，也没有电子显示屏。这就意味着我无从知道在哪个站台上车，上哪趟车，几点上。更见鬼的是，我没有看到一个穿衣打扮像是铁路工作人员的人，甚至，在我身边过过往往的人群中，我都没有找到一个能讲哪怕一点点英文的人。

我一贯淡定的心开始变得非常不淡定了，逢人就喊“瓦拉纳西？瓦拉纳西？”像复读机一般，可人人都摇头。直到，一个八九岁的小女孩从熙攘的人群中站出来拯救了我。她告诉我，因为大雾，今天所有的火车都晚点了，发车时间待定。

我的心，这才安定了。

小女孩叫安迪，穿一件红色绒衣，桀骜的长发在脑后束了个马尾巴，浓黑的眉毛下一双聪慧的大眼睛。她的英文说得很纯正，没什么印度口音，言谈举止一看就知道受过良好教育。她带我回到候车厅，认识了她的奶奶、爸妈、姑舅姨、亲兄弟、表姐妹……他们全家3代35人正打算坐火车去坎普尔度假。

35个人的大家庭，每年还相约一块儿出门度假，这在同样的泱泱大国中国恐怕是神话

吧！当他们得知我家里只有三个人时，全都惊愕得眼珠子要迸出来了。好几个小孩甚至抓住我的手，摩挲着，似想安抚我从小到大一个人玩的“悲惨人生”。

接下来的两小时，我慢慢融入这个欢乐的大家庭，和他们一块儿在火车站最破旧脏乱的角落里蜷腿盘坐，击掌玩笑，唱诵经文。当然也接受了所有小不点的盘问，多离谱多难堪的问题我都乐滋滋地回答。在他们面前我第一次没有了隐私和防范，有的只是漫无际涯和无所顾忌的对话换取的彼此信任。

我打心眼里喜欢这一大家子，尤其喜欢老奶奶说的一句话：无论走到哪儿都是相亲相爱的一家人，这才是家门的荣光！

黑皮肤的白人

曾经看过许多印度的新闻图片，最骇人的是火车照。整个外车皮简直成人墙肉壁，车顶上站着人，车门上挂着人，还有黑鸦鸦的人卯足了劲往车窗里钻，必要时不惜踩着前面人的肩膀和脑袋。实在挤不上去了，就把自己挂在车厢外，享受“自动免票”的福利。这福利的代价是昂贵的，据说每年仅是孟买，因搭火车而丧生的就有3500人。

为避免我老妈有一天可能在国际新闻里看到“中国女孩丧命印度铁轨”的报道，我未雨绸缪，紧衣束腰不说，还特意穿了一双带钉子的登山鞋。可惜，豆腐上钉钉子——白费力。我延误了四小时的火车非但一个“外挂”没有，连挤我的大侠都没有一个。车厢内也秩序井然，所有人各坐各位，安静而绅士。我这是走什么好运了？

卧铺车箱的摆设和国内的大致相同，只是在走道一边放置小桌板和临时座位的那一溜改成了三张床。这样，每个隔挡三个上、中、下铺密密实实围合在一起。好在，三个上铺都是女人，包括我。所有人均是裸睡——裸的是床，不是人。床上没有被

单、被褥、枕头，只有全裸的皮革床垫。侧身睡的话，脸皮分分钟就能粘在皮革上，翻身时，能听到“滋啦”一声，半张脸皮被扯出去老远。用手揉脸时，能触到明显的凸凹纹。

一夜无梦，承蒙印度火车没有广播系统。所有人都睡到自然醒，醒了也不聒噪，只是安静地或坐或卧，或冥想或苦思。

印度人好思辩是出名的，他们甚至自夸：印度是世界思想的银行。可能因为多难兴邦，多舛的印度促使人们对于生命、社会、宇宙有更多的思考。而宗教作为最高层次的哲学形式，在这片土地上发芽、繁盛就成了顺理成章的事了。

我天生的木鱼脑袋岂敢跟人拼思辩，尤其下铺的几位老哥一看便是高智商、高种姓的人，跟他们扯些拉拉杂杂的话题还可以。

“您的孩子真漂亮，眼睛大，皮肤又白。”我乐呵呵地使出跟人套近乎的惯用伎俩。

孩子妈微笑，不以为意地说：“印度人本来就是白种人。”

我惊得下巴险些掉下来，难道天下有“黑皮肤的白人”一说？

孩子爸笑着插话进来：“古印度的土

著人是达罗毗荼人，纯黑人。距今大约五千年前，印度被外来的雅利安人征服，雅利安人是纯白人。两族人色差很大，但天长日久，在男女之事上频有交流，混血在所难免。雅利安人为巩固自己的上流地位，便发明了一种制度：种姓制度。将人分成四等，婆罗门、刹帝利、吠舍都是白皮肤的雅利安人，最底层是黑皮肤的首陀罗，是真正的达罗毗荼人。古代梵文里把种姓制度称为瓦尔纳（Varna）,其实就是颜色的意思。”

孩子妈一边给自己和孩子擦美白霜，一边补充：“印度的美白产品特别畅销，因为肤色很重要。皮肤白，走在街上都会被人高看一眼。虽然印度独立后，新宪法已明文废除了种姓制度，但在印度人心底依然根深蒂固。印度的私家车有八成以上是专门雇了司机来开的，哪怕只是一辆TATA，因为开车这种‘劳动’不符合上等人的身份。一些没落的高种姓家庭，即使你提供每月300美金的清洁工岗位，他们情愿闲在家里饿死，也绝不做这等有辱身份的事情。”

我恍然想起德里机场那些轮椅老人，想必都是有身份的婆罗门。还有S，M曾说S的种姓就是婆罗门，难怪他一门心思想当神职人员。

只是，S的皮肤不那么白啊，棕的也不正宗。混血吧？

圣城瓦拉纳西

天，阴沉沉的；雨，要落不落；我，失魂落魄。
鸟，在唱着歌；风，掠过山坡；你，是否想我？——by S.

我刚想到他，他就飞来一条短信。吓得我一惊！他总写些似诗非诗的玩意儿，让人觉得他是憋着坏地挑战我的中文。所以，每次读过了，就把它搁一边，晾着。

他一准会着急，不多时，会又发一条来："我等得花都谢了，我等得雨也落了，你在哪儿？为何不理我？"

记得那天在帕斯帕提纳神庙，S说，所有在这儿超脱的魂灵会随着巴格马蒂河水汇入恒河，流到印度的瓦拉纳西——一个被誉为"神光照耀"的地方。印度教信徒终生有四大乐趣：敬湿婆神、饮恒河圣水、结交圣人和定居瓦拉纳西，而这四大乐趣都能在瓦拉纳西实现。所以，那是一生必去一次的地方。

他无限憧憬的眼神，让我暗下决心：去印度，一定去瓦拉纳西。

仅仅半月过去，我已然到了这座为信仰而生的城市。

下火车，便受到瓦拉纳西人民的“夹道欢迎”。三轮车夫、摩托车夫、嘟嘟车夫一拥而上，热情洋溢地围着，锲而不舍地跟着，嘴上还喋喋不休地跟我讨价格：500卢比？300卢比？100卢比？50卢比？20卢比？

OK! 20卢比，成交！

这上天入地的价格差，让初来乍到的我一下子就领教了瓦拉纳西的异趣。

在瓦拉纳西，坐人力三轮车是件很“拉风”的事儿。车头迎着细碎的阳光，头发在清风中飞扬，应该是哪部电影里的剧照。放眼四望，浩瀚的人海处处衣袂飘飞，纱丽荡漾。车夫按着快活的铃铛在一片炫目的红黄紫绿中穿行，偶尔还和别的三轮车夫打趣似的你追我赶，把原本苦力的事儿变成嘻嘻哈哈的玩乐，直把后座的乘客们也颠乐了，相互挥手，比肩而笑。

瓦拉纳西是我平生见过的最拥堵不堪的城市。站立街头就像是一株浮萍，被人潮裹挟着向前奔流，无法驻足。而这洪流还是泥沙俱下，不仅有摩肩接踵的人流，还有横冲直撞的车海。你不仅得眼观六路，还得提防脚底的牛粪、头上的鸟屎以及口袋里的钱包。

高耸密集的楼房把视线中的天空压挤得细窄逼仄，翻飞扑腾的野鸽子在楼群间穿针引线，把它们连缀在一起，就愈发显得拥挤窘迫。屋顶晾挂着衣服、毯子和无数眺望天空的脑袋，天的更高处，数以百计的纸片在空中飞舞。开始我以为是垃圾，可它们执拗地在天上翩跹盘旋，毫无落地的意思。车夫说那是风筝。

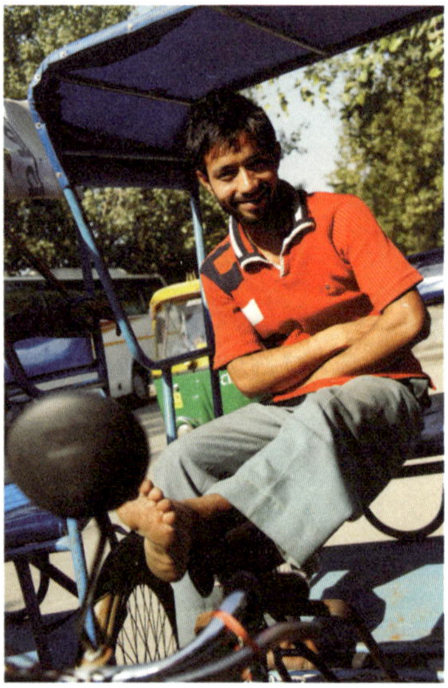

在这么挤的城中心放风筝？他们是在让风筝替他们透透气吧！

想起火车上遇到的一对聊得很契合的美国夫妇，他们已是第六次到瓦拉纳西了。问何以对这个城市如此着迷。他们笑道：“这是一个完全不讲规则秩序、混乱到一塌糊涂的城市。但恰恰是这种随心所欲，让人性中的自在慵懒发挥到了极致，所谓否极泰来物极必反是也。”

循着S写给我的地址，找到一个恒河边的小旅馆。温馨小巧，泛着如家的气息。楼层很高，楼顶有供房客起坐赏景的茶几藤椅。几个欧美老外边啜饮咖啡边瞭望落日，看上去悠然闲适。从这家楼顶还能看到无数比邻老楼的屋顶，许多住家在楼顶上纳凉、玩笑、听音乐，真还有好些孩子在屋顶上放风筝。

登记入住时，前台的座机响了，经理径直将听筒递给我。我怔怔地接过电话，那头居然响起了S急切的声音："刚到瓦拉纳西吗？住下来了吗？你好吗？"

"是的。"我慢悠悠地吐出两字。

"你有收到我的短信吗？"他惴惴地又问。

"收到了。"

"啊！那你的机德很成问题，很成问题，要改！"他压着火气，严肃地说。

我抱着话筒笑得"咯咯"的，故意夸张怪异。脑海里闪回他光火的样子，其实没有，记忆里全是他惹我上火。哼哼，斗转星移，风水轮流转啊！

"至少每天给我回一个短信，好吗？让我知道你是安全的。"他的语气有低低的示弱，这是那个坏坏的男孩不曾有过的。

放下电话，人轻飘飘的，心中有不可抑制的快感。我开始真的相信：瓦拉纳西是一个神光照耀的地方了。

God is up!

傍晚，是恒河达萨瓦梅朵（Dasaswamedh）祭坛最热闹的时分。

华灯初上，一阵清脆的铜铃声在河边一隅的角楼上敲响。铃声穿过瓦拉纳西曲曲折折的街巷，越过重重楼阁，推开屏屏轩窗，召唤着四面八方的人们。盛装华服的信众们鱼贯而来，一些载着游客的船只也次第移船就岸。在一片璀璨的灯光下，所以人都神情肃穆，静心等待一场延续了千年的恒河祈福祭典。

终于，在信众们虔诚祈盼的目光下，七位婆罗门祭司踏着空灵的梵音款款走上祭台。

这场名为普迦（Pujas）的古老祭祀，俨然是帕斯帕提纳神庙夜祭的豪华升级版，灯火炫亮，仪典隆重，光华夺目。七位祭司置身熏香缭绕的祭台，随着梵音，挥舞手中的掸须、海螺、铜铃、蛇灯、烛台，向东西南北四方顶礼膜拜。他们轻声吟唱祭河圣曲，万千信众也边打着节拍边随之高声唱和。一袭黑衣的DJ坐在观众席的首列，用雄浑磁性的嗓音唱诵着古老的经文。那悲悯的音韵在夜空中飘荡，像一

只隐形的手抹去了天地间的万千烦忧，让所有朝圣的人们心无旁骛地沉溺其中，如痴如醉！我问身边一位印度妇女：歌词唱的什么？她指了指头顶的天，满含深意地笑道："God is up!"

顷刻间，我感受到神祇的力量。

我虽然听不懂梵文，宏大的气场却让我感同身受。七位年轻祭司端凝傲慢，洒脱飘逸，让我不知不觉也坠入到朝圣的真诚与感动里。

仪式的最末，祭司们在众多信徒的环簇中走下河边，静默地将祭祀的花瓣抛入河中，双手合十祈祷，然后将恒河水洒在自己的头上、肩上，还掬了一大捧河水一饮而尽。

我一一效仿。

余秋雨先生在杂文《我拒绝说它美丽》中把恒河描写成"能恶心得能

把胃里的一切全部翻腾出来”的地方，可我还是像被人施了魔咒般地饮下了这“圣水”。

或许这就是瓦拉纳西的魅力：信仰永远超越生死。

离开时，仍然是万头攒动。顺着人潮爬上台阶，忽然听到一群人的呼唤声，我循声望去，百米之外，一群印度人正向我挥手。可男男女女中，没有一个我认识。回身继续上台阶，可身后的呼唤声越发急了。再回头，他们还在向我挥手。百思不解时，只见一位中年妇女，那位给我翻译歌词的妇女，推开密密匝匝的人群疾步跑向我，手里抱着一只三脚架。我如梦方醒，刚刚在祭祀初始，我嫌带来的三脚架笨重，而随手放在了观景台上。我都忘了，可他们还一直帮我守着。

我一时感激得说不出话来。唯有双手合十，给那位妇女鞠躬，给那群呼喊我的人群鞠躬，真诚地、长久地。我不敢抬头，我怕一抬头，他们会看见我满眼的泪光。

英国人爱德华•卢斯在《不顾诸神》中写道：“要是没有印度，这个世界将会贫穷到只剩下物质。”

所以，我爱这座人文丰满的城市。因为在这里，God is up!

神赐的金碗

因为饮了恒河“圣水”，一夜惴惴不安，担心可能就这样去见湿婆神了。可清晨5：00闹钟响时，发现自己居然还活着，赶紧披星戴月地出门，去看恒河日出。

即使着抓绒衣在街上疾走，仍觉寒风冷峭，呵气成霜。街边巷尾的犄角旮旯里睡满了无家可归的流浪者，一张薄棉毯严实地裹卷着他们一动不动的身体。一些夜不能寐的耄姬耋翁，在用收集的垃圾和枝条点火取暖。还有几位衣衫褴褛的“大侠”，捧一杯热腾腾的奶茶，怡然自得地当街而坐，全然不顾身旁起伏如云的牛粪马屎。

此时，行走街头的除了赶往恒河边的外国观光客，还有许多乞丐和苦行僧，他们是连棉毯都没有的人。一身邋遢的行头，一只破碗，就是他们全部的家当。他们很会配合游人猎奇的镜头，摆出各种手势和造型。快门响过，伸到你面前的就是一双瘦骨嶙峋的手——给钱。

给了，也不会谢你。在印度，乞讨是一种生活方式，是神赐予穷人的饭碗，他们只感谢神。你布施，是在养德修性，他们慨然接受是在成全你行善积德，你最好还得谢一下他们。在印度教看来，无论前生还是今世，每一桩恶性，每一项善举，都会决定我们未来重生的模样。

所以，我老老实实地拍照，恭恭敬敬地给钱。

临近恒河边的时候，乞丐的队伍就壮观了。成群结队、拖家带口的乞丐夹道欢迎着我。他们沿着下河的阶梯排成两列长蛇阵，盘腿而坐。暗光中，个个歪头耸脑，貌似昏睡。可我的相机刚冲着他们“咔嚓”一响，他们立刻长身而起，蜂拥而上，眼前顿时长出一片手臂森林。“心慈怜瘦草”的我只好散贝撒珠了。

即使，给河岸边那些“不凡外表”的苦行僧拍照，也不是白拍的。一些穿黄衣、戴花环、手持三叉戟的苦行僧，摆好了pose，专盯端相机的人，一双“生财有道”的慧眼炯炯有神。有一位慈眉善目的“大德”高僧待我拍完照后，慢慢踱到我面前，徐徐伸出智慧之手在我的额头点了赐福的提卡。那冰凉指尖的轻轻一触，仿若让我慧心潜通，虚灵通透。正在暗自感动感激之际，高僧神出鬼没地从怀中掏出一只破碗，微笑地指着碗里的100卢比……侘傺无语的我一时灵魂有点出窍，冥冥间仿佛看到神从天界走下，走到我近前，近得呼吸可闻。我的一举一动，神都在注视；我遇到的每个人，都是神的安排。神说：不能兼济天下，何能独善其身？

—好—吧。

我一边掏钱，一边咬碎牙和血吞：这儿玩摄影玩提卡，简直就是玩奢侈品，因为这里“神赐的碗”啊，都是金子做的！

恒河圣浴

到恒河边时，天仍然黑黢黢的，神龙不见首尾，只有潺潺的流水和着风声，轻轻撩拨着人心，让人翩翩浮想传言中它不可思议的种种，揣测其中与现实可能的出入。

印度教传说中，恒河发源于湿婆居住的冈仁波齐雪山，是湿婆头发上滴落的水汇流而成的。恒河本是自西向东流的，到瓦拉纳西时突然拐了一弯，变成由南往北流，这便成就了瓦拉纳西的神圣。因为印度教徒认为，只有圣地才具有让圣河转向的奇异功能。几千年来，印度教徒从世界各地来瓦拉纳西，大体为了两件事：一是晨浴，让恒河水洗去一生的罪孽；二是等死，火化后把骨灰倒入恒河，求得美好来世。

雇一艘两头尖尖的木船漫游恒河，同船的还有一些高额深目的欧洲游客。因为时辰尚早，晨幕尚未拉开，大家安静地候着，听桨声，吹河风。

不时有小木舟从我们船边划过，都是小贩。船夫一手摇桨，一手提着塑料小桶吆喝：“鱼，放生。鱼，放生……”喊声配合桨声，颇有韵律。一个卖放生鱼的小伙子见无人理睬，便搞怪地将他的木舟划靠在我们船边，双手猛然抓住我悬在船舷外的小腿，兴奋地喊：“我抓了一条大鱼，我抓了一条大美人鱼！”边喊还边挑衅地瞅我。如此胆大妄为，我本该勃然大怒的，可听到他对我的“尊称”，心里又爽死了。但也不接腔，只是故作镇定地端着相机扫描河岸的风景。久了，他也没趣，松开手，将我这条“美人鱼”放生了。

晨曦微露时，船夫开始给我们讲岸边的古迹，鳞次栉比的神庙、佛塔、古堡在橘黄灯的投影下懒洋洋地展示着年岁，袒露着沧桑。我很快发现一个奇趣的现象，恒河西岸是挤得密密麻麻的古迹和民居，而东岸整个不毛之地。问船夫，原来在恒河晨浴，需要面对东升的太阳，为了不遮住太阳，整个城市全部建在了西岸。可见，印度人对信仰的重视，远远超过了房地产和GDP。

此时，恒河岸边已有陆陆续续来晨浴的男女老幼。他们脱去五颜六色的俗衣，半裸着在冰凉的河水中尽情地洗浴，以除业障，消恶果，期许获得美好来世。小孩被大人抓着胳膊，在河水里反复提起放下，直到“嗷嗷”大哭。我们一干外国人看着心疼，他们家长却似乎乐在其中。许多长发绕膝的苦行者赤身裸体地站于水中，不断地浸水、喝水、祈福。即使因为寒冷而颤抖，他们仍然长时间伫立河中，用这种自虐来救赎自己的身体和心灵，完成灵魂的朝圣。

继续溯流而上，便到了大名鼎鼎的玛尼卡尼卡（Manikarnika）露天烧尸场。它紧贴着河面，已成了河床的一部分。熊熊燃烧的柴薪上横陈着尸体，亲人肃立一旁祈祷，烧尸人则表情漠然地用铁棍捣腾或浇油脂。偶尔会抬头遥看乘船而过的观光客，对我等少见多怪的惊诧表情很是不以为然。毕竟，这烧尸的场景在瓦拉纳西天天上演，24小时不间断，每天有200多具尸体灰飞烟灭，身登清静。在这里，身在轮回中的人，生有何欢，死又何惧?

火化后，骨灰撒入恒河，意味着死者已经获得超脱，升入天堂。恒河的水非常浑浊，有倾入的骨灰，有生活垃圾，还有不时漂来的动物残骸和没烧完的人尸，尚未看清，他们已飘然而过。以前没见时，想象很惊悚，现在见过了，也不过尔尔。

突然想起昨晚喝过这里的水，心“咯噔”一下，掉进了河里。

我只好向船夫寻求解惑：“为何面对显而易见的污染，印度教徒却能够安之若素地洗浴、漱口，甚至倘然下肚呢？”

船夫淡淡一笑，说：“河水干不干净是按照工业标准来判断，要不要喝圣水是精神上的判断。印度人去沐浴不是因为恒河是否干净，而是因为它神圣。况且恒河的污染也没有到不可忍受的地步。恒河有超强的自洁能力，从恒河取回的圣水在家里放几年照样洁净如初，没有任何的沉淀和杂物，如果换了普通水恐怕早就臭了……”

真——不可思议！

终于，恒河彼岸的天水间透出一层红晕。太阳欲露还羞地从水下探出头，一点一点，不疾不徐。当这团温润的艳红完全挣脱水面时，恒河上下一片欢腾。晨浴的人们欣喜地面朝旭日，将水撩过头顶，一次又一次，然后双手合十，闭目祈祷，默诵经文。一套教义的规定动作后，有老人开始畅饮河水，有小孩游泳嬉戏，有男人矫情地站在河中放花灯，还有那些沙丽女人们，在沐浴后，顶上一大壶恒河“圣水”，缓缓而去……

请逝者带路

费瓦湖里
云飘过去了
你也飘过去了
只留下痴痴的桨
搅动着我的心——by S.

S随诗还附送了一张我在费瓦湖“咬牙切齿”划船的糗照，往日景象在脑海里一下就清晰了。当时发誓要与S势如水火、不共戴天的，现在好，天天诗信频传。印度教说：世间一切皆有因果，是债就当还，是孽就该了。他当初怄我不待见我，才招致今天的报应。诗写的虽不咋地，但读它绝对是比恒河晨浴更超值的精神松骨、灵魂spa。

哼哼，心里那个解恨！

坐在恒河边的岸阶上一边赏诗，一边赏景。无涯无际的天空，几片白云漫舒漫卷，找不出它的来由和去处，像玛尼卡尼卡大塔上空飘荡的飞向往生的魂灵。侧畔，是许多衣着艳丽的浣纱妇女。她们噼里啪啦的棒槌声如鼓点，把清晨的恒河敲得神采飞扬。孩子们则在荡漾开去的涟漪中扎猛子，打水仗，他们的嬉笑和奔跑激起喧腾的水花。远远打望他们闪闪发光的黑皮肤和黑眼睛，让我想起家中与他们同龄的小侄子，此刻应该正咬着笔头啃代数题吧？

可怜的中国小孩儿！

河阶有许多Baba（苦行僧），刚刚例行了每早一次的净化礼，正借着河风风干湿漉漉的发须和黄袍，一副淡然出尘的神仙做派。他们每天晚上用大麻带给自己“快乐的虚幻”，每天晨晓在恒河边更换一副“全新的魂灵”，这是怎样的逍遥人生啊！

正在艳羡中，突然听到身后有号子声：“Ram Nam—— Ram Nam。”（Ram Nam: 罗摩，《罗摩衍那》的男主人公，毗湿奴的第六次化身）。一唱一和，抑扬顿挫。回头，只见六个人正抬着一副沉甸甸的竹架从我身边掠过，竹架上一具黄缎包裹的女尸，她的一条漆黑长辫悬在空中起落荡漾，似在向眷念的人世做最后的诀别。她的身上铺满金盏菊和玫瑰花瓣，随着颠簸的担架轻舞飞扬，像“魂兮归来”。其中一朵还旋坠在我的脚背，让我多少有点儿眼皮哆嗦，起鸡皮疙瘩。可周遭的人却无动于衷，自行其事，仿佛这个人的来与去只是河面上吹来又吹去的一阵风。

也许有前世、来生的信仰，让他们在面对生死时，才如此坦然。

可我不是印度教徒，没有几千次的轮回，只有一生一世。我得惜命，珍惜现在仍在跳动的心脏，以及从不挑剔的好胃口。我决定去Brown bread bakery，昨天同客栈的一个韩国女孩告诉我，那里有世上最好吃的肉桂卷。虽然有点远，但寻找美食向来是我的人生至乐。七弯八拐到那个地方后，发现和我志同道合的人还蛮多的。天南地北的老外一边享受美食，一边神侃旅游心得和见闻。有个英国背包神秘兮兮地对我说，你可以去看看印度母庙，那儿有点意思！

在瓦拉纳西，无论去哪儿，都得穿过迷宫般的小巷。即便随身带个GPS，也一样找不着北。这里是神性的天空，人类的信号基本不管用。好在印度人多会几句英语，虽然带着咖喱味，但好歹能听明白地名，所以总能问到路。

巷陌曲折幽深，仿佛是蓄谋已久的酝酿。当我正处于深度迷路时，迎面走来一

位性感熟男，他浓眉深目直鼻，像宝莱坞明星下凡。他友好地说正好顺路，可带我同往。我喜不自禁，欣然跟上。直至跟进一家偏街陋巷的纱丽服饰店，方才醒悟：我遇到传说中的印度骗子了。

几个男人立刻以令我恐怖的热情围拢过来，拿着不同款式的纱丽亢奋地在我周身比划。他们一边唾沫横飞地夸我漂亮，一边用猪咸手摸我的胳膊、脖颈和脸。虽然对印度男人揩油、吃豆腐的嗜好早已了然于心，但在如此隐僻深巷的一隅，我一个手无缚鸡之力的异国女子还是谨慎为妙。于是，果断选中一条粉红纱丽，没试穿，没讨价，径直付款后夺路而逃。

抱着一大团纱丽，已无心再去印度母庙。可回客栈，又不知路在何方。向人问路是不敢了，刚被蛇咬过的人，见到草绳都会害怕。徘徊在没有尽头的长巷，正茫茫然带着找不到出路的惶恐，突然听见身后传来铿锵的号子声："Ram Nam—— Ram Nam。"我赶紧靠墙根，静候他们经过，然后——欢喜跟上。跟着他们我定能走出迷巷，到玛尼卡尼卡河阶的烧尸场。到了那，我就能找到客栈了。哈哈，心底骤然狂喜，但，脸上依然肃穆。

我默默在心里对前面带路的魂灵说谢谢，虽然素昧平生，阴阳两隔，但我们共走了人间的一段路程。

晚上10点，瓦拉纳西照例停电，整个城市在黑暗中冥想。我抱着枕头到客栈的天台上吹风。星星在绵密深稳的夜空兀自闪动，犹如某人的眼眸。我给S发了短信："今天遇到了闻名遐迩的印度骗子，很帅！"

回："不可能比我帅！"

发："帅度相当，骗术相当。"

回："有被骗到吗？记住——你只能被我骗到。"

印度母庙外的市井

再次深入迷巷，寻找印度母庙。

对于昨日遇骗的遭遇，心中已经坦然。这个世界上，有的人出现就是给我开眼界的。所以我要经得起假话，受得了欺骗，忍得住敷衍，忘得了诺言，放得下一切……百毒能侵，百炼成精。

对着客栈伙计画的线路图，我很快找到了印度母庙。

它是一幢气派的两层建筑。里面空荡荡的，没供奉任何神祇。它的特殊之处在于大堂内有一幅白色大理石雕琢的印度地图。地图上，喜马拉雅山脉、恒河平原、德干高原清晰可见，旁边环绕着阿拉伯海、印度洋、孟加拉湾，国境线用醒目的黄花勾勒界定。

看着这地图，总感觉哪儿不对劲。于是，掏出包里的纸地图比照。原来，它把我国的西藏南部划进了印度。

这让我想起了麦克马洪线（Mc Mahon）。它是1914年，英国自作主张划出的一条位于英属印度和西藏的边界线。这条线将西藏南部9万平方公里土地划进了英国的印属殖民地，导致中国领土向北压缩了100多公里。当然，中国历届政府从未承认过。

呵呵！一幅自娱自乐、自欺欺人、压根不算数的地图，白白浪费些大理石料。

从印度母庙出来，一位苦行僧正用路边捡拾的垃圾煮红茶，被烟熏得呛眼抹泪，嘴里嘟嘟哝哝，不知是在诵经还是在骂人。见到我，立刻施礼打躬，伸出一只乞讨的手。

印度母庙外是菜市场。展眼望去，人山货海，车辚马萧，瓜果蔬菜满地香。那些蔬菜都是我小时候见过的本真样子，天然的绿油油红灿灿，鲜润可爱。这里摆摊完全不讲秩序，绝不像中国的菜市场列队排行，而是随心所欲地将菜铺摆在地上，东一撮，西一垛，梅花阵似的，让人转得眼晕。最晕的是，有比地上的番茄、土豆更多的脑袋在市场里晃悠。他们并非都是卖菜、买菜的人，有一半人是闲站着无所事事的，似乎旨在为稠密的人群尽一己之力。他们个个破衣烂衫，脸冒油汗，一双没有焦点的眼睛漫无目的地向四周逡巡。若听到哪里异常，就立刻像注了鸡血般涌向哪里，让本就堵得透不过气的菜市场，越发拥塞不堪。

起先，我诧异这些闲人为何不呆在家里。待我看到他们的家，恍然明白了。他们的家不过是紧贴路边随意搭建的窝棚，黑乎乎的垃圾塑料盖搭而成，高一公尺左右，人只能猫着腰钻进钻出。家里大多是地上铺一块破毯，

角上一小堆衣服，再加一个小锅，其他什么也没有了。这算是一个家吗?

和菜市场的一个阿叔聊天，他说在他们老家安得拉邦的菜农，都没有房子，没有土地，没有劳动工具。年初，向东家借地、租锄头，向高利贷借钱买种子、肥料、农药，拼上一家的体力，然后靠天吃饭。收成好，就还下欠债，一旦年景不好，就找出事先准备好的半瓶农药，全家老少一块奔来世。

所以，他出来了，混个活命。

居然，这个世界上，还有这么多人过得如此艰难。

眼睛明亮，心存善良

从瓦拉纳西到鹿野苑，区区十公里，感官上却像走进两个极端的平行世界。

一个凌乱喧嚣，一个和谐雅丽。急遽的反差让乍一进入的眼睛和心灵都有点适应不过来。可当鹿野苑的天空飘来似有若无的诵经声时，心，片刻间就安定了。我终于又能跳出世俗的沉浮，在这个充满佛性的地方稍事轻松一下了。

“鹿野苑”这名字，缘于佛书《六度集经》中的一个典故。

话说很久很久以前，这里曾经是一片遮天蔽日的原始森林，林中有鹿群出没。国王经常来此围猎，千骑卷平岗过后，死伤者众多。心痛的鹿王向国王建议：每日供奉一鹿，以免过量杀戮。某日适逢一只怀孕母鹿进献，鹿王念其一身两命，乃自荐代替。国王深受感动，从此不再猎鹿，并将此地辟为鹿苑。

典故不仅仅是典故，今天的鹿野苑确有许多梅花鹿徜徉其间。三三两两踱着方步，温驯闲雅，瞳眸中散发着淡淡柔情。这些灵性的家伙一点都不怕人，滴溜溜的杏眼安然笃定，不时用鹿茸鹿角相互挑逗玩耍，发出呦呦鹿鸣。

鹿野苑因遭受土耳其穆斯林的入侵，许多佛教建筑已损毁，剩下的只是些或圆或方的残垣断壁。遗址的基脚三米多厚，密如蜂房。《大唐西域记》里，玄奘曾以“区界八分，连垣周堵，层轩重阁，丽穷规矩……大垣中有精舍，高二百余尺”描述鹿野苑的胜景，仔细思量，何其壮观！

只可惜：一切存在皆非永恒。

如今，在遗址斑驳的草坪上，仅存公元3世纪建的答枚克（Dhamekh）佛塔，塔高39米，远望像一个夯实的堡垒。塔身雕刻有精致纹饰，花鸟人物，飞虫走兽，可佛龛中的佛像已不知所踪。据说这里就是2500年前，佛祖释迦牟尼初转法轮的地方，自此，世界听到了悠扬清明的佛音梵唱。

遗址的另一端是折断的阿育王柱。经历千年岁月的磨砺，柱身关于“佛教戒律”的铭文还依稀可见。曾经征战沙场拓土封疆的阿育王听从高僧的教化，皈依佛门，他在为弘扬佛法做出巨大贡献的同时，也为后世树立了“放下屠刀，立地成佛”的典范。

其实，我理解“屠刀”，不仅仅指杀戮之刀，生活中的一句话，一件事，一个想法，只要伤及到人都是“屠刀”，都得放下。这世间已有太多杀戮邪恶，善良是佛前的一朵莲花，可以渡我们重生。就像前面的那则典故，它真真暗喻了佛陀自度度人的教义：鹿王舍己救人，最终不但救了鹿群，自身也成仙得道，传诵千古。

佛陀的示意

据说，当年大觉大悟的佛陀在鹿野苑转动法轮扬声说法时，连树林里的梅花鹿也跑来凝神倾听。以至于今天走过任何一个佛教寺庙，都能见到寺庙门顶上两只金鹿守护着一个法轮。这个典故想是点燃了每位佛子心中的梦想——在有生之年，去鹿野苑膜拜佛祖，籍得开悟！

于是乎，今天的鹿野苑，随处可见斯里兰卡的白衣僧人、泰国的黄衫僧人、缅甸的粉裳尼姑。他们打坐在阳光下，聚精会神地聆听比丘阐释佛理，开示教义。我索性也找一茸草甸端坐旁听。唱经声在耳边回绕，眼前仿佛掠过了千年时空。

遥想当年，释迦牟尼决意出家苦行。他与五名侍从修行六年，身体羸弱，毫无所得，涅槃解脱，遥遥无期。一日，饿得人事不清的释迦牟尼喝了一碗牧羊女奉献的香乳糜。五位侍从见他破了戒，愤而弃之而去。释迦牟尼独自来到菩提伽耶(Buddhagaya)，在一棵菩提树下静思，忽然心境通明，身灵贯通，悟得至道，成了觉悟者——佛陀。为与五侍从分享其道，他追到鹿野苑。当五个侍从见到“威仪寂静，神光晃耀，毫含玉彩，身真金色”已今非昔比的释迦牟尼时，芥蒂尽释。经过佛陀在鹿野苑一个雨季的教导，五人均得了道，成为佛教最初的五比丘。

释迦牟尼29岁出家，35岁成佛，游行传教45年，终其之世，共收弟子五百人。而此刻，他的弟子的弟子们正继承他的衣钵，在温煦的阳光下传经布道，让宇宙苍生荣领佛泽的光耀。可惜我领不到，因为听不懂梵文。遗憾起身，往鹿野苑外走，却见到了正门外的摩犍陀俱提僧院（Mulgandhakuti Vihare）。

按说，若循着当年佛陀游历的足迹，应该先去菩提伽耶，再到鹿野苑。可因为舟车不便，略过了菩提伽耶，心中有些许遗憾。不曾想，在摩犍陀俱提僧院，见到了从菩提伽耶折枝移植过来的菩提树，颇感欣慰。

从谱系上看，此菩提树算是当年佛陀悟道的彼菩提树的子孙，如今枝繁叶密，蔽日参天。菩提，梵语为智慧，菩提树，智慧之树。站在树下，心中不免感慨：此行穿越西藏，取道尼泊尔来到印度，千里遥迢，拜见佛陀，觐见智慧树，无非想获点度，找寻进入大自在的门扉。

因为现实的社会，让我愈来愈觉得生命的无方和迷茫。周遭的人

似乎都掉入一个“欲望”的怪圈，每天谈论着房子、车子、股票和年薪，可无论拥有多少，他们仍不开心。单位里芝麻粒大点官都牛气哄哄，乳臭未干已深谙厚黑之术。心灰透了，到处是商业的人际、势力的眼神、无休止竞争中昭然可视的心思和算计。我与这些格格不入。于是，我冥顽的个性屡屡被挫伤，身边那些顺时应分的人却都活得得意逍遥。我困惑了：我是不是患上了人际关系的洁癖？佛家讲求中庸之道，我要不要改一改？

正自思自量，只见菩提树前的空地上，一位戴眼镜的红衣僧人安详自若地打坐读书，一窝小狗蜷在他身边打着安逸的小呼噜。疲累的我索性在他们中间席地坐下，静默地远读僧人手中的那本书。

良久，僧人侧头问我：“看明白了吗？”

我摇头，斗大的梵文一个不识。

他淡然一笑，说：“那我译一段给你听。”

他翻到书的末页，读道：“佛临终时，弟子们很伤心，问：以后还有谁教导我们呢？佛说：做你自己！你不需要任何人的庇护，也不需要到任何地方去寻求皈依，只有自己心中的明灯，才是人生的指引。每个人心中都有一盏灯，点亮它，守护它，壮大它。人的一生都在不断突破自己，不断拓展疆域，当你似乎不得不屈服的时候，咬牙走过去，那正是你突破局限的时候……”

闻之，醍醐灌顶！

既然性格与生俱来，命运躲无可躲，不如由着它的执着，顺着它的单纯，依着它的痴醉。即使偏执，也不放弃梦想的尊严！

咖喱之恋

世俗熙攘，让人盲目，难得与自我相处。所以故意误了回瓦拉纳西的班车，权当是给自己多挣一天清净时光。

凭直觉找了一家私人客栈。老板殷勤地把我领到走廊尽头的一个房间。打开门的一瞬，便有由衷的欢喜。灰白石材和古朴老木装饰的房间，配以颜色鲜艳纹路精美的各类织物，大大的飘窗上置一小桌和棉垫，让人立刻联想出在这儿读书的惬意。窗边恰到好处地立着一个书架，让人不用起身就能从中挑选到中意的书，而彩色玻璃窗外是可入画的苍松翠柏和答枚克佛塔，更是营造了一个沉思默读的意境。

老板有些得意地说："这间房是我们店唯一的豪华全景房，价格给你优惠，按普通标间收。"

"为什么这么好？"我将信将疑。

"因为你和唐僧一样都是中国人啊！若不是他写了《大唐西域记》，就不会有今天的鹿野苑，更没有我们这家店。所以，唐僧是我们家的恩人，大唐来的人都是我们家的贵人。"

唐僧?

难道是《西游记》里那个既不解风情，又无人情，四体不勤，邪正不分，只会念紧箍咒折磨自己人的白面小僧？儿时看电视时，就常哀其不幸，怒其不争。可今日，我居然沾了这位先人的光。

更不敢相信的是，我居然还托他老人家的福，享受了一顿免费晚餐。想是老板见我长得纤弱，应该吃不了什么，多添一双筷子而已。殊不知，今天的大唐盛产吃货，而骆驼型极品吃货的标杆就是我。

天长地久的等待后，大菜登场：黄糊糊、红糊糊、绿糊糊……皆是面目模糊、辨不出形的菜品，嗅之，却香气四溢，惹人馋涎。还有上好的佐餐酒，闻之微醺。我先淑女范儿地把每道菜试吃一遍：原来是咖喱鸡、咖喱羊肉、咖喱土豆、咖喱蔬菜，味道好吃得——连舌头都要吞下去了。我把大脑的进餐模式迅疾由细嚼慢咽式调至狼吞虎咽式，淑女身份也暂且丢到桌底。女主人见我吃得张牙舞爪，呼噜有声，显然受宠若惊，一边享受我的饕餮吃相，一边滔滔其谈她的非凡厨艺。

“印度菜约等于咖喱。卖相不佳，但味道奇绝。因为咖喱香，任何一道菜都能被它调制成美味。比如桌上这几款，是将咖喱调成糊糊，再混合进各种菜里进行煮制。这些菜看似简单，却耗时耗工，不算前期选料、漂洗、刀工准备，单是上灶，就需要个把小时。硬火烧，文火煨，直到煮至味透，香气尽出，方可起锅。虽说同是咖喱，但内容千差万别。白咖喱、绿咖喱味道清淡，配蔬菜；黄咖喱、红咖喱味道较重，配肉类。印度各地也因为气候、文化的地域差异，形成了不同菜系。北印度的偏重口味，南印度偏清淡，有些地方还用香蕉叶或榕树叶做成餐盘来盛咖喱饭，味道更加香醇……"

我一边手不离杯勺不离手地左右开弓，一边作点头状地洗耳恭听，没有多余功夫的嘴偶尔"嗯……呃"礼节性回应两声。当桌上的"北印度"被我秋风扫落叶般几近吃干抹净时，主人的小女儿端着一桶冰激凌粉墨登场。顷刻间，我那副双倍透支的胃急得泪奔。

最后，我是扶着墙捂着胃回房间的。上楼梯时，周身的细胞都发出满足的低吟。枉生世上20余年，只知有醉酒之说，却不晓醉饭之乐，今日终于体味了。

S短信问我晚上住哪儿？我不置一词，只模仿卧佛的姿势，自拍一张，微信给他。他一下就猜到了鹿野苑，回：

我去睡觉了
我要去梦中的鹿野苑
找你——by S.

唐僧玄奘

半夜，许是咖喱作祟，胃里波澜起伏，吞噬了我的梦。索性起床，掌烛焚香，读唐僧玄奘。

印度史书中的他，睿智博学乐思善记。他出生于没落的世宦家庭，因为命途多舛，遂剃度出家，求学佛门。他历游各地，访谒名师，并接触到印度新兴的大乘有宗。他很快对这一宗派发生了兴趣，为求得“当世即可成佛”，他决定西行求法。

一个和尚不顾大唐禁令偷渡边关，孤身涉险，怀揣着一腔宗教热忱在境外游历17年，这在今时今日仍是不可思议的。他的足迹经10万里138国，带回了佛教经典520箧657部。返回长安后，他刻苦翻译佛经，在20年间共翻译出1335卷。他还将中国的《老子》、《道德经》译成梵文，传入印度。

当然，真正让他名垂青史的是《大唐西域记》，这部由他西行返国后，奉唐太宗敕命完成的巨作。内容记载了他游历西域、印度的见闻。蓝毗尼、菩提伽耶、鹿野苑、拘尸那迦四大佛教圣地皆是借着此书的线索才得以确认。现在，几乎找不到一本讲古印度而不引用《大唐西域记》的书，以至于印度史学家认为：“如果没有玄奘，整个中世纪的印度史将全部隐没在一团迷雾之中，全世界的佛教弟子也永远找不到他们心灵的故乡。他对于印度及佛学的卓绝功绩，无人可及。”

即便他当年在印度游学，也是名震五竺的。他最初在那烂陀寺留学，那烂陀寺可不是普通的僧院，寺内僧徒好几千，个个满腹经纶，才华横溢。玄奘在这里终日和佛界精英切磋，最终达到什么境界呢？《慈恩传》说：“寺内能讲二十部经书的有一千人，三十部的五百人，五十部的只有十人，包括玄奘法师。”就是说，在那烂陀寺的几千名资深佛学者中，玄奘排名前十。优等僧啊！

更具传奇色彩的是贞观十五年（641年），玄奘在曲女城的壮举。当时印度戒日王决意举行一场全国讲经辩论会，他特邀玄奘做擂主，向全印度顶级法师挑战，以展示大乘佛教的精微玄妙。前来参会的有印度二十多位国王，大乘、小乘、婆罗门各宗派、各宗教挑选出的顶级高僧数千人，场面空前绝后。玄奘为大会论主，由他先提出立论观点，其他宗派高僧驳诘。结果，竟然十八日无人能驳，玄奘自此得号“大乘天”，他的威名在印度如日中天。

想起报纸上的一段旧闻：西安大慈恩寺方丈增勤大和尚，几年前去访问印度。他在马路上找了十个印度人，完全没听说过释迦牟尼的有八个，没听说过玄奘的人只有一个。在印度，佛教的代表人物成了中国的玄奘，真叫人贻笑大方。

印度佛教界，玄奘是被当作神来供奉的。他从中国到天竺的万里行旅所穿着的草鞋，被视为圣物，他本人的英姿也出现在寺庙壁画的云端。今天，在印度，无论在什么场合，无论官方还是民间，只要提起中国，提起两国关系，言必及玄奘。

玄奘也绝对不会想到，自己的印度求法之旅在多年以后会被国人编成民间神话小说，加入太多戏说的成分，倒把真人本身的光辉遮蔽掉了。一个文化伟人从此沦落成一个柔弱小僧，这让远在天国的玄奘大法师情何以堪?

由此，撰此小文，为唐僧平反，答谢他给我辈晚生预存在印度的福利。

八千英尺上的轮回

第一次知道“卡杰拉霍”这个地名是在S写给我的印度旅程表上。

那张满是涂鸦的旅程表简明直白，没有多余的字或感性的话，唯独在“卡杰拉霍”后画了三个重重的惊叹号。既然是让S如此“不惜笔墨”的地方，应该是有特别之处的吧!

由于实在忍受不了印度火车的拖沓，这次我在网上订购了打折的印航机票。

印航的飞机出乎意料的守时，许多乘客还在往行李架上塞行李，飞机已毫无征兆地开始滑行。而此时的机舱内，看不见一位机务人员，也没有广播安全提示。行李舱门都豁然张开着大嘴，摇摇欲坠的大包小包随时都可能被吐出来。乘客都惊悚地仰望着，生怕它们砸中自己的脑袋。当机头微微上翘时，忍无可忍的我飞身跃起，在转瞬之间合扣上头顶的行李舱门，再迅疾坐下系上安全带。惊魂未定之时，飞机已腾空而起。我感觉此行凶多吉少，不知道是该求佛祖、湿婆神、安拉还是耶稣，只有默默祈

祷：我是好姑娘，诸神保佑我！

可无论我多么虔诚，飞机始终像一只刚学会飞的调皮小鸟，窜上窜下，左摇右晃。舷窗外金光耀眼，绛云翻腾。机身也受传染似的不可抑制地颠簸摇摆，让人有如坐过山车般的惊悚和眩晕。我悲催地想，这趟可能真要乘着八千英尺高的“过山车”往生极乐了。我心事重重地摊开双手琢磨手相：生命线又顺又长，没有丝毫断开的痕迹，应该还不至于走到终点了吧？旁坐的一位老哥睥睨着说：“手相只能显示疾病，无法预知突发事故。”

——可惜手中没板砖，否则先拍死他两回！

我开始为遗书打腹稿，虽然我根本没有像样的遗产。

我无房无车，银行卡上最后一月的工资已悉数用在此行天竺的路上。可，我买了旅行保险。嘿嘿！死翘翘了，能获赔几百万吧？

由衷感谢发明旅游险的那位神人，让一个活着百无一用的人在死后还能产生剩余价值。几百万，应该够我那位精打细算的老妈颐养天年了。她老人家一生都在抱怨我不会攒钱，没见我穿几件花衣，攒几样嫁妆，成日里愚顽成性，把钱都换成了旅资，丢在一些莫名其妙的地方。这下好了，她突然能收到我的一笔巨款了。

当然，我也不是对生绝望。只是因太了解它而轻视它。生的含义，不就是恶狠狠地竞争吗？尤其在中国。

可惜我没有凌云壮志，我从属不了这潮流。所以，不如突然、平静地离去。骨灰散在云层中，落在大海里。云朵和海水会把我带到世界的每个角落，生前到不了的，死后我都能免费去……

想到这，我已经感觉死而无憾了。

陌生邻座的承受力更差，他像开闸的洪水，浩叹自己的时运不济：没读几年书，便继承了上亿的家产；为了家族的联姻，娶了一个自己不爱的女人；刚熬过几年萎靡的经济危机，想出来散散心，又碰上这架倒霉的飞机……

言语间，浊泪潸然。

说者酸辛，听着欢欣。难怪说穷人比富人快乐，因为没有物质的牵绊啊！看来，没有存款的人生，更轻松惬意。

印航的空姐居然在我们毫无指望的时刻出现了。端着托盘，在跷跷板似的机舱过道上碎步疾跑。疾跑，是因为她们根本站不稳。空姐也没有招牌式的淡定微笑，只有急不可耐的潦草应付。我揣测着，她们的小心脏也一定正经历着过山车般的跌宕起伏，哪还顾得上职业操守？

最后，折腾够了的飞机终于落在了大地上，不过是轮子先着的地。“九死”只是吓唬我的铺垫，“一生”才是我最终的幸运。

走出舱门拥抱卡杰拉霍的一刻，我仿佛完成了一次生死轮回，从今世走入了来生。

诸神的狂欢

卡杰拉霍（Khajuraho）的精髓完全浓缩在一个庙里。

——性爱神庙。

听名字就让人想入非非，见识后更是惊为人间神迹了。

其实，它是一组寺庙群，每一座都器宇轩昂，雄浑精丽。但这并不重要，重要的是你只需瞧一眼石壁上的浮雕，你的目光会立刻胶在上面，久久不肯离去。哪怕你从前对宗教、艺术毫无兴致。

那石壁上到处都充斥着性，千奇百怪、体位万千、花样翻新的——性。人和人、人和兽、神和人，一对一、一对多、多对多，种种种种，百无禁忌。这些从没见过，没想过，即便是现在见过了仍不敢想的性姿势，用最劲爆唯美的身段和天体瑜伽的技艺，落落大方地呈现在寺庙外的光天化日下。

同行者无不惊叹唏嘘，无不啧啧称奇：开眼界，长见识，受教育！

的确，能把人和神和兽混交在一块儿共享鱼水之欢，这得需要多大的胆识、见识和想象力啊！

这座“奇葩”的始作俑者是拉其普特王。昌德拉王朝时期，印度年年征战，男丁不兴。许多家庭因为不想自己的孩子战死沙场而拒绝生育。国王们便费尽心思和财力，耗时百年(公元950年—公元1050年)修建了此庙。国王下旨让老百姓日日膜拜，激发性欲，促进生育。他同时还推崇一种通过性和谐达到与神合一的印度秘教——坦多罗教力派。其主张用具体的性行为来代替冥想，通过掌握自然的力量来得到智慧、宁静与极乐，最终达到与神合一。卡杰拉霍正是举行坦多罗诸神狂欢仪式的场所，它让性崇拜在印度宗教和社会生活中扎根延绵。印度人口，自然也在这种宗教的催生下，一发不可收拾。

难怪了，在尼泊尔、印度的偏街陋巷和寺院神庙里总能看到“林迦”（男性生殖器）和“约尼”（女性生殖器）的雕像；而在一些山地部落还有男女“双修”的隐身院；许多印度教的庙宇甚至还有专门为高级僧侣提供性服务的漂亮姑娘……性，在印度教中从来就不是要刻意禁锢和压抑的事儿。在它看来：至高修炼如同性的快感，如同潮汐，永恒传递而来。

在卡杰拉霍，性就更是赤裸裸地逆天下之大不韪了。“猫鼠同家”、“山羊上树”、“观音坐莲”、“老汉推车”……在这儿全是小儿科的游戏，人家

直接性挑战了牛、羊、马及诸路神灵，无敌神勇到“式不惊人死不休”的态势。稍加留心，还能发现雕像背后的迷人典故：诸神的狂欢，藩王的亲“耕”，偷窥的大象，助“性”的顽猴……都是些很生活、很生动的故事。每个故事里，不论是神、人、兽，都在传递不受约束的自由气息，让人的心思不自觉就驰骋到那个为爱颠覆的神界，欲念荡漾，春心摇曳……

遥想当年的工匠们，一定也在雕刻之前，先杜撰一个属于自己的时空，在这个时空中意淫，在意淫中创作，在创作中销魂，在销魂中将作品打造得登峰造极。

所以，附着在石头上的这些精灵才能充满欲望和激情，并在时隔千年后依旧灵动、柔美、诙谐而快乐。

窝藏《爱经》

我一般不买书，买书就不一般。

比如在卡杰拉霍神庙的出口处，我买了一本《KAMA SUTRA》。这本全英文版的书是神庙外的一个黑瘪三塞给我的，只需看一下他猥亵的眼神，便知这书非同寻常。粗略翻了两页，便为里面的惊悚图片所骇倒，于是匆促付款，纳书入怀，卷尘而去。做这种见不得光的“地上交易”当然要迅速加小心。

《KAMA SUTRA》的中文名是《爱经》。我原以为它是神庙性雕塑的图文详解，回到宾馆锁门关窗在被窝里一研究，发现它其实是一套印度版的“春宫图”，直白点说就是“性交体位大全”。不同于中国房中术纯粹“采阴补阳”的健康需要，《爱经》在体位上惊涛骇浪的演绎已上升到一种对性能力的炫耀。

书中特经典的一页：一个男人用他的双手、双脚、嘴巴和生殖器分别满足了六位女士。六位女士被“折腾”得欲仙欲死，直把那男士得意得愈发雄风万丈，“爱”得淋漓尽致。再翻一页，藩王和几位王妃共享床第之欢，旁边不少围观的嫔妃，或打扇，或酌酒，或不堪色诱地搂抱在一起。那藩王能劈腿、能下腰，在性功夫与瑜伽功夫中游刃有余，真不愧为国之魁首、色之豪杰。再想想中国古代那本扭扭捏捏躺于枕下的春宫图，简直……没法比啊！

所以说，在性文化方面印度还是强于中国。敢想，敢做，敢以哲学形式诠释性爱技巧与性爱和谐，并慎重其事地将其编撰成经书，奉之为宝典，流传千年。不像中国的《素女经》，同为两千年前的古代性学著作，宋朝便已失传。多亏了日本的《医心方》摘录和引述了其中篇章，才使国人得以部分地窥见中国古代房中术的风貌。《素女经》多是理论叙述，偶有提及性交体位，也就只有原始粗浅的“九法”，与《爱经》中勾魂摄魄、技艺卓绝的“六十四艺”简直是云泥之别。

《爱经》在印度，是新娘不可或缺的陪嫁之一。想想吧，“枕边书”那个普及性，怎么都是一家一本，尽人皆读啊！难怪印度人口呈如此井喷之势。拉其普特王当年让老百姓日夜膜拜性爱神庙，以达成人口巨增的美好愿景，终算是借着《爱经》的深远流传而发扬光大了。

鉴于以上陈词，《爱经》就算不上猥琐书籍了，相反还应是受社会宗教文化庇佑的世界名著，买一本藏匿家中也算不上罪大恶极。正心中宽慰自己，收到S的短信，问我今天可有收获。我思忖后正色答：“看了个庙，拍了些照。仅此，而已！”

寂寞古堡

我在想你
而想着你的感觉
很幸福
不信 你试试
想我——by S.

每早一诗，似乎已演绎成固定的请安问早的仪轨，就像接下来的漱口、洗脸、穿衣程序一样，是每天出门前的必不可少。S的诗，我一般不细读，不多想。那样一个痞子，写诗，想是故意逗我玩。学生时读《离骚》，便总结出一条：古人都是受了刺激才写诗，而S绝对是在写诗寻刺激。

早餐后，翻出S的那张涂鸦，规划一天的行程。那张已被揉得皱巴巴的纸扉，在今天的日期上歪歪扭扭地跳跃着两个字：占西。

占西因两位民族英雄而声名远播。车站广场有“食盐进军”的雕塑，一溜十几个人物雕塑，走在最前面，拄着拐杖的是圣雄甘地。与它不远处，是一位骑马持刀背着婴儿的女子雕塑，她是曾经的占西女王——阿克希米•葩依。1857年，她在占西率众发动抗英起义，身先士卒，浴血奋战，甚至背着幼子冲锋陷阵，牺牲时年仅22岁。

而我此行更为凭吊一座古迹——奥查古堡。

奥查距离占西20公里，建于16世纪。它曾是邦德拉・拉其普特王国的首府，后被莫卧儿皇帝沙・贾汗举兵收复。好在奥查古堡完好无损地保留下来了，且毫无残旧颓败之色，所有的建筑和雕塑都留在最初创造它们的时代，无视时间的步伐。

或许因为太偏僻，游人少有问津。就连当年的迦汗基尔君主也只是在此小住数天，可为恭迎他到来而专门营建的古堡，整整耗时六年。

进入古堡，迎面一个四方城池。城池四周宫殿深重，崇阁巍峨。那宫殿一进套着一进，层层叠叠。从一座宫殿的窗看出去，是又一座宫殿，像镶在窗子里的一幅大画。到处是窗，窗里面是画，画里面又有窗。徜徉其间，静静欣赏，足之所及，皆在画中。

此时，正午的太阳正明晃晃地挂在当空，古堡内阒无游人，只有鸽群哗地飞起，盘旋，再飞起，再盘旋，有一种不可言说的安宁。一个人在深邃悠长的廊道中寂寂地走，驻足、观望、冥思，感觉整个古堡都是自己的。

忽然，一阵窸窸窣窣的风吹来了男女窃窃的私语。循声而去，在一个清凉幽暗的小阁楼，看到一对正柔情蜜意的恋人。镂空的窗棂透出一点背景光，勾勒出他们相偎相依的身影。他们看见兀然闯入的我，立刻端正了身体，脸上缱绻的羞怯却流连未去。我征询是否可以拍照，女孩面露羞色，但还是怯怯地点头答应了。聚焦时，我用了小光圈，仅凭借镂窗透入的微弱光线定格他们的剪影。那画面朦朦胧胧，隐隐约约，一如他们懵懂的爱情。

离开他们，心里汩汩涌出一大片寂寞，寂寞得心灰意懒，意懒得无心闲逛。于是登上古堡顶层，找一石台坐下，与自己待上一会儿。一个人的旅行，每天独来独往，离群索居，一个人吃饭，一个人搭车，一个人看风景，渐渐学会了凡事只依靠自己。我想人生的寂寞、彷徨、无助、困苦大概都是必经的过程，就像玄奘取经路上经受九九八十一难，方能修成正果；佛陀苦修六年方才悟得至道。S曾说：人生的一切苦难最终都会转变成人生财富。套用这句话，那旅途中所有的寂寞最终会不会都转化为爱？

遐思中，脑海里又遥遥浮现了那个家伙清瘦的身影、坏笑的脸庞。真想，他此刻能就坐在我身边，一块儿吹古堡的风；真想，他能听我讲这些天的故事，分享我的快乐；真想，他能明白我的心思，即使我什么都不说；真想，他诗里写的每一句话，都是认真的……

如此天马行空乱想一通后，孤寂的心如冰山缓释，慢慢温暖了。我想我应该振作精神，重新上路，沿着这缓释的河流，一路歌唱到开满鲜花的天涯。

旅途中，寂寞会让自己变得足够强大。只有强大了，才能随时迎接从天而降的爱情。

今晚你们婚了吧！

早上，启程去阿格拉（Agra）。从占西到阿格拉320公里，路上，和一对老人山聊海侃打发时光。

Peter 和 Julie是一对恋爱30年，仍在不懈恋爱中的异国情侣。1983年，一个遥远却清晰可见的日子让他们在印度相遇相爱并深深铭记。那时他俩都各自刚结束了一段不堪的婚姻，因为害怕再次走到缘分的尽头，他们决定各自生活，只是每年相约一次出国旅行。一个从澳大利亚，一个从加拿大，飞往同一个国度约会爱情。为纪念相遇30年，他们今年重返印度。

一份爱要走多远的距离，才能抵达命运安排的彼岸？

天擦黑才到阿格拉，寻一家酒店便餐小酌。酒店好像刚举办过婚礼，彩扎门上的鲜花还水淋娇艳如初，洋溢着幸福的情调。找一张临窗小桌，点了三荤四素，一瓶红酒。Peter特意给Julie买一份冰激凌。Julie一边吸吮冰激凌，一边讲述自己的故事。

“我和Peter是在印度普那的静心中心认识的。那时我刚离婚，悲伤逆流成河，于是去印度普那申请了两个月的静心课程。静心中心餐餐供斋饭，我很快被虐得面露菜色。有一次，偷跑老远去买冰激凌，碰到骑摩托车的Peter，他捎了我一程。后来我常坐他的顺风车去买冰激凌，回来顺道去河边钓鱼，抓青蛙，搬螃蟹，偷菜农的玉米……Peter总能把战利品做成喷香的烧烤，解我馋瘾，讨我欢心。”

“那是一段甜蜜的日子，但曾因爱伤过，再不敢轻涉爱河。两个月后，Peter回加拿大继续做他的CEO，我回澳洲重新打理我的咖啡小店。一次，一个出版社的朋友偶读了我的印度灵修日记，建议编撰成书。我想起Peter是学文学的，就把稿子发给他改。他倒是认真。后来，书真的出版了，销量还不错。出版社就跟我约稿出系列，我征询Peter。他说唯一的办法就是他牺牲一下，每年陪我出去旅游一次，回来写书。看看，多狡猾的一只狐狸！”

Peter 听得哈哈直乐，顺手把 Julie手中快融化的冰激凌接过来吃了，亲密之情溢于言表。

酒菜上齐，喝酒。印度的红酒口感醇厚，甜香扑鼻，只闻一下就要醉了。三个人一仰头，一杯酒，喝得酣畅淋漓。酒兴上来了，Peter的话匣就打开了。

“Julie好吃。我问她为什么爱吃冰激凌，她说吃甜食能让人开心。后来我发现，吃什么都能让她开心。野鱼野虾野菜野果，样样能让她满口生津。她还深具吃货的冒险精神。有一次，人家办喜宴，她拉我去混吃。我不干，我说你想吃什么，我给你买。她说掏钱买的东西吃得不香。我没辙，硬着头皮跟她去了。提心吊胆地还没吃到十口，就被一群黑脸印度人团团包围：‘你们两个，把碗放下！’我俩就乖乖把碗放下了。‘滚出去！’我俩就乖乖地滚出去了……”

哈哈！我和Julie笑得人仰马翻。

Peter在燃情红酒的催化下，继续信马由缰：“别以为跟Julie一块儿旅行是什么美差。背包是我，探路是我，走不动了背她还是我，晚上累得腰酸背痛了还要给她按摩。这些尚可以忍受，最恐怖的是每年陪她旅行15天，剩下的350天我都得趴在电脑桌前给她改稿子，要人的——命啊！”

哈哈！我和Julie彻底笑滚到桌底。

有段子下酒，自然有敬必饮，每饮必尽。好像这杯中装的不是酒，而是陈酿的爱情。借着酒意，我放胆问68岁的Peter：“你爱她吗？”

Peter毫不犹豫："爱！这30年她对我来说就是天使。"

我又问66岁的Julie："你爱他吗？"

Julie毫不犹豫："爱！这30年他对我来说就是每天的太阳。"

"那你们今晚就婚了吧。反正生米已煮成了熟饭，反正你们已爱到了白头。"

他俩惊愕，酒醒。

"就在那扇幸福门下，我证婚。"

他俩欣喜，点头。

婚姻大事，不可潦草。我让酒店老板换了音响里的CD，点燃了所有的蜡烛和灯光，将花盆里的鲜花扎成小束给Julie。一切就绪，酒店的顾客、工作人员、路人在我的召唤下都聚集过来见证这一经典时刻。婚礼进行曲响起，Peter和Julie手挽着手，相扶相携，在两排惊羡的目光中，合着音乐的节奏，一步一步艳光四射地款款走向幸福之门……

我沉浸在神圣的光晕里，庄严致词："今天，Peter 和Julie在阿格拉大婚，他俩相恋30年，终成正果，结为夫妻。愿神保佑他们，今生，永世！"

欢呼声、鼓掌声、祝福声随着彩色的碎纸屑漫天飞舞，到处闪动着激动万分的灯红酒绿，空气里弥漫着冰激凌般甜蜜的幸福。所有人举杯庆贺：为人间真爱，为有情人终成眷属！

那一刻，时光停滞，只有热泪，从我眼中夺眶而出……

皇城里的爱情

一夜无梦，许是因为一直没睡着。

头夜的宿酒在脑海里连绵荡漾，意识四方散落，无法聚拢。零零碎碎中有Peter和Julie的影子，还有我。喝了许多的酒，讲了许多的话，然后过家家般捏合了人家一段婚姻。谁说戏谑里没有中正，玩笑间没有庄严。爱，其实不需要太理性。太计较后果，太考虑长远，只会徒然耽误了青春。30年，人生能有几个30年?

酒是好东西，能把复杂的爱简单化，让人性之所至；酒也是坏东西，能把清醒的意识搅得一团醬糊，使人晨昏不清。

手机短信铃响时，我知道七点了。

刚把马路对面的女孩
误认成你
我追赶过去
看个究竟
只因为太想你——by S.

不知道此生我和S会不会圆满？定定神再想想，觉得那是个白日梦。

早点是在路边摊买的查莫（chamo），一种褐色奶球，腻甜腻甜的。Julie不是说甜食能让人愉悦吗，我现在需要换一副好心情。

拦车去泰姬陵。司机说现在有雾，白色的泰姬陵看不真切，不如先去阿格拉堡（Agra Fort）。它是囚禁国王沙杰汗的地方，就是在那里，他日夜眺望泰姬陵。

想想，很悲情。但，很美。

走进阿格拉堡，才知道它是莫卧儿王朝的皇城，印度三大“红堡”之一，1983年授牌的世界文化遗产。显然，它的光彩被千米之外泰姬陵的璀璨光芒所遮隐，若不是爱情故事的终结地，人们几乎遗忘了它的存在。

阿格拉堡坐落在亚穆纳河畔的小山丘上，是一座红砂石砌成的皇宫。阳光下，散发着敦睦的红光。整座城堡，遥看，雄浑伟岸；近瞻，诡谲奇幻。好端端的伊斯兰教建筑，却混搭有回教的拱顶门，犹太教的六角符号，印度教的莲花图……各门宗教元素在这座城堡同生齐长，和谐共处。让人不禁诧异：它的缔造者——莫卧儿王朝第三代皇帝阿克巴大帝，究竟是什么宗教达人？

百度上说，他确实非同寻常帝王，身上流着成吉思汗的血，继承了爷爷的骁勇善战和父亲的艺术天赋。他追求正义，希望和平，倡导宗教平等。他甚至分别娶了信奉印度教、伊斯兰教、犹太教的皇妃。为平衡关系，阿克巴将城堡打造成多种宗教建筑风格共存的典范，轻松解决了最令人头痛的宗教问题和女人问题。

可见，一代雄主欲平天下，得先治其国；欲治其国，得先齐其家；欲齐其家，得先摆平家中的老婆。阿克巴军事上的胆略、政治上的睿智、宗教上的宽容让他终成大业——实现了印度的统一。并被后世尊为与亚历山大、恺撒、奥古斯丁、汉武齐名的伟大帝王，在影响世界的100位君王中，他排在第23位。

阿格拉堡是阿克巴16世纪末开始修建的。他的孙子沙杰汗继位后，大规模营建该城堡，作为皇宫。于是乎，这座庞大建筑群里有了显而易见的两种风格。阿克巴建的城堡红沙岩构造，恢弘大气，森罗轩敞，有一夫当关、万夫莫开的威慑。而沙杰汗修的宫殿全然白大理石打造，精致典雅，温婉卓越，充满了浪漫忧伤的情韵。

不同建筑隐透不同个性，不同个性演绎不同人生。沙杰汗注定是演绎千古绝唱的帝王。

站在当年囚禁沙杰汗的八角瞭望塔，凭栏远眺，遥想他对儿子说的话："王位你拿去，只要留给我一扇窗，让我每天可以看见你母亲的陵墓。"这份寂寞守望一站就是八年，情深若此，让后人歆羡。

泰姬这一生自当无悔。被男人如此执着一念地爱着是一个女人的幸运，只是这份幸运，着实令人酸楚和苍凉。

"死不一定比生苦。" 沙杰汗最终在自己打造的华丽"囚牢"里孤独终老，为他诗意浪漫的人生留下深情的绝笔。我忍不住想：在他日夜用目光轻抚爱妻陵寝时，是否曾经祈祷时间快些流淌，快些流淌，好早日安睡在爱人身旁？

泰姬陵的百年孤独

“沙杰汗，你知道，生命和青春，财富和荣耀，都会随光阴流逝……只有这一颗泪珠，泰姬陵，在岁月长河的流淌里，光彩夺目，永远，永远。”

沿着泰戈尔诗的韵脚，一步步走向泰姬陵，去看望安睡在里面的那个世界上最幸福的女人。

她叫阿姬曼·芭奴，据说是一个美得如百合花般的女子。她在沙杰汗争得王位前就嫁给了他，是沙杰汗忠贞的妻子和患难与共的知己，在所有政治风暴和军事战役中始终与沙杰汗形影相随，并为他生育了14个孩子，后难产而死。临终前，她希望能有一座举世无双的陵墓，纪念他们的爱情。悲痛欲绝的沙杰汗动用了皇族的特权，倾举国之力，招募22000名世界顶级工匠，耗时22年，打造了眼前这座美得如梦幻般的泰姬陵，为爱妻写下了瑰丽千古的挽歌。

霞光掩映的晨晓，泰姬陵氤氲在白羽般的薄雾中，娉婷婀娜，宛若一个纯情雅致的少女。它完全是大理石打造，通体洁白，皭然不滓，有脱离尘嚣的虚幻气质。这种气质使它没有通常陵寝的冷寂，相反，让人浮想唏嘘之余，感觉它好像在天地间浮动，生动而灵气。

曾读过许多给泰姬陵的溢美之词：大理石之梦、写在云上的诗篇、永恒之面上的一滴泪珠……亲眼见了它才知道，泰姬陵根本不需要赞美，言辞对这样一座建筑是非常无力的。面对它，你只需无声地仰望，安静地凝想。

泰姬陵无疑是美丽的，比它更美的是那段惊世的爱情。据说，爱妻的逝去，让沙杰汗一夜间白了头。泰姬陵造好后，他定时穿上白衣去看望妻子的棺椁，每次都泣不成声。他遵守了爱妻的遗言终未再娶。他甚至计划给自己建造一座一模一样的黑色大理石陵墓，与泰姬陵一桥相连，永世相伴。可惜梦想未能成真。1658年，沙杰汗的儿子弑兄杀弟篡位，把沙杰汗软禁在阿格拉堡的塔楼。唯一可安慰的是，透过临河的窗，可望见不远处的泰姬陵。

“美景之美，在其忧伤。”八年铁窗的凝望，是沙杰汗可望而不可即的无奈和绝望。他只能依靠回忆度日，将泛黄的往事想了再想。那白色的泰姬陵，只怕是他对充塞的黑色寂寞的精神突围。

阿姬曼也是寂寞的，一个人守着偌大一座的陵寝。无论这陵墓多么绝世倾城，它始终都只是爱人眼里隐含的那滴旷世泪珠。

而此刻的我，在熙攘的人群中仰望他们纯白的爱情，心里何尝不寂寞！

泰姬陵是世界上唯一同一天的不同时段门票价格不同的景点。早上7点之前和晚上5点之后，门票价格最贵。可以想见，这两个时段的泰姬陵一定最美。据说，朗月当空的夜晚，白色的泰姬陵在月光映照下会发出淡淡的紫色，清雅出尘，皎洁剔透，美得仿佛下凡的仙女。

可惜，它月光下的美，我看不到。不是舍不得那张异价的门票，只是觉得：独自凭吊别人惊天泣鬼的爱情，会不会太凄凉?

S的短信来了："昨晚你在我梦中说，今天去泰姬陵。是真的吗？"

"真的！"我回复。

"哈哈哈，梦想成真！"他答。

"如果你在，就好了！"这一句，我没有发给他。

百无禁忌

时空错杂，难解印度。

头一日，刚刚被旷世优雅的泰姬陵洗得清亮的眼眸，转眼，就被斋普尔路途中的满目疮痍暗淡下来。

沿途是冷僻的村落，大片大片的窝棚区，人人面黄肌瘦，干枯如柴。脏乱差的路况，垃圾与灰尘齐飞，苍天共黄土一色，往来车辆也无不蓬头垢面，不时还能看到有车辆四轮朝天，寂寞地躺在路心。许多穿纱丽的女人在路边挖沙挑土，搬砖运石，男人们则耸肩缩脖地袖手旁观，事不关己。好些光腚赤脚的孩子们在恶臭的垃圾堆里翻东捡西，若发现烂苹果、烂香蕉或食物残渣，会随即喂进嘴里。家长们在一旁漠然而视，仿若那垃圾堆就是孩子们的餐桌。他们自己也不讲究。我看到一家人吃饭时的情景：一张捡来的破报纸，上面倒着米饭、青菜和咖喱，他们用秽垢的手指一边搅拌，一边往嘴里塞。一辆汽车飞过，立刻有胡椒粉似的黄尘洒在他们的午餐上，他们照样吃得津津有味。

更骇人的是，一些成年人在路边旁若无人地“方便”。街角、断墙、甘蔗林和青纱帐都是他们的便宜之地。男人们多是背对着街，仰头长嘘，偶尔扭过头，对着过路车呲牙咧嘴，笑得淫邪。女人们更大方，面朝街蹲着，纱丽裙褶遮膝敝臀。她们一边“方便”,一边惬意地打望街景，目光与我们相接时，灿然一笑，看不出丝毫的难为情。问题解决后，她们拎起轻盈的纱丽裙，飘然而去。只留下黄土地上点缀的遗矢和空气中些许不该有的味道。

她们居然没用手纸，可能真如传说，用左手直接处理了出恭的一切事宜。顶多用树叶或泥土抹了几抹。每天数百万人口在城市之间流动，随处“方便”，估计道路边的农作物就这样被大家“义务”施肥灌溉了。由此判断，印度的土地是肥沃的。印度的气温偏偏又很高，一年有8个月的气温在40℃以上，尿臊味、汗臭味、咖喱味……在高温下加速度地混合发酵，蒸腾弥散，挑

战人的嗅觉。难怪连孙燕姿都在歌里唱：印度有种奇怪的气味……

但印度政府从未因公共卫生问题勒令禁止过那些“随便”的人，因为印度土地大多是私有的，政府它管不着。政府不会出钱修路，私人有钱又懒得去修它。每天在路面上碾来碾去的都是陌生的车轮，修好了也压坏了，是劳神伤财、不上算的事。

除了公路，印度的很多景点也是私有的。比如，斋普尔的风宫、水宫、城市宫殿都是私有的，这些相当于“世界文化遗产”级的景点，因为没有政府出面申报，而寂寂无闻地存在着，有实无名，只有懂它的人才会千里迢迢去看它，譬如我。

哪怕一路忍着内急，滴水不敢进。

终于，三小时憋屈后，车停在一服务站。这里有小商品店，有咖啡雅坐，最重要的是，有一个正儿八经的厕所。马桶式坐便器，自来水冲阀，还焚着印度香，使厕所味道出奇的单纯好闻。一个纱丽女盘坐在沙发椅上，端凝高贵地给入厕的人派卫生纸，一张纸10卢比。那可不是普通的纸啊，那是——印度文明！

乱梦惊魂

到达斋普尔，已是傍晚。车窗外，气氛有微妙的渐变，空气中弥漫着火药的味道。

数千人聚集在街头，他们挥舞着愤怒的旗帜，用喇叭高喊着口号，面前的标语上写着“把罪犯绞死”的赫赫大字。许多人冲破警戒线，朝阻拦他们的警察投掷玻璃瓶和石块。一栋政府办公楼前显然刚发生过冲突，一辆警车四轮朝天地横睡在街心。

一问，原来这场大规模抗议冲突的导火索是一起轮奸事件。一名女大学生遭6名男子轮奸并殴打后被扔在路边，直至不治。这事引发了全印度人的愤慨，他们自发上街，要求政府严惩“凶兽”。

其实，对于印度的高强奸率早有耳闻，以前以为是危言耸听，可眼前这个极度暴力混乱的城市，让我脆弱的心宛若一枚骤雨打落的树叶，飘零半空，惊惶不知所终。

急急穿街，匆匆走巷，随处可见群情激奋义愤填膺的印度人三五成群。每每经过人群，他们总是满脸狐疑地对我行注目礼。他们越狐疑，我就越惶恐。仓皇找到S给我写在行程单上的客栈，入住后锁门锁窗，连窗帘都拉得严严实实。

第二天没出门，靠饼干充饥。打开电视，铺天盖地都是关于强奸案和游行示威的报道。它好像捅开了这个古老国家身上的一处恶痈，脓血迸涌。孟买、加尔各答、金奈多个大城市纷纷揭竿呼应，走向街头示威集会。当天的《印度斯坦时

报》写道："印度已经受够了，现在是这个遍体鳞伤的国家采取行动的时候了。"

外面的世界，不用身临其境，仅电视画面就让人颤抖不已了。

悲催的是——我的手机丢了。昨天，在慌不择路的途中，好几次被揽生意的三轮车夫拉胳膊拽包。混乱中，就没了。

整个世界都失去了我的联系，我成了漂浮在空气中一粒没着没落的尘埃。估计，我死在这个动荡的城市很久，都不会有人知道。书上说，当人无力面对这个世界时，只适合做两件相对安全的事：一、睡觉；二、睡觉。

第三天，仍躺在床上睡得天昏地暗，一动不想动，心里发空，可能是两天粒米未进胃里发空的原因。想出去买点熟食，却又不敢打开那扇门，生怕洪水猛兽涌进来。第一次觉得：世界之大，竟没有一个敢去的地方。口渴得厉害，只能到卫生间接自来水，可走几步就觉得头重脚轻，神思恍惚。踉踉跄跄回到床上，床上倒是软绵绵的，可怎样睡都不舒服，覆去翻来，浑身酸痛，咽喉和鼻管像火烧似的。

电视里，仍在罗列印度近年来无数令人震恐的强奸丑闻，一桩一桩，令人齿冷。报道说，因为印度妇女社会低下，才造成层出不穷的性犯罪。可我静静想想，觉着不对。卡杰拉霍的性神庙，那本叫《爱经》的"枕边书"，还有印度教中的性力派和"双修"，这些文化与宗教，无不在潜移默化地助推着印度国民心中的蓬勃欲望，并使他们丧失性约束、性自制。它们才是诱因吧？

想到这儿，又觉得自己可笑。两周前还无比膜拜崇赏的爱神性神，眨眼间，都成牛鬼蛇神了。我按了一按额头，滚烫。

窗外，天色白了，又黑了，房间里一点一点暗了下来。我静静躺在光影中，脑海里一片混沌。

忽然听见嘭嘭的敲门声。起先以为是高热下的乱梦，细听确有男人在喊我的名字，竟不是梦，可也不敢应答，眼前闪现的全是电视里的疯狂镜头。门外静了一会儿，又有人敲门，这次是一个女人，叫我到前台接电话。

我恍惚地忆起那是房东太太的声音，便虚弱起身，踩着轻飘飘的棉花步穿过院落、花巷到大堂。

听筒里是S的声音。他只说了："嗨，是我！"我的眼泪就淌下来了，大颗大颗的泪珠子溅在座机上。

"还没吃晚饭吧？"他问。

我只是傻了吧唧地点头，好像他能看见。

"要不，一块儿出去吃点东西？"他接着说。

这个贫嘴没正型的坏小子！我破涕而笑，笑中蕴泪。

"傻丫头，饿得话都不会说了！"他最后嗔怪道。

放下电话，我愣愣地站在前台边又流了会儿泪，感觉自己憔悴潦倒的死样子在慢慢地活过来。

原路回房间，猛然看见一个黑影蹲在穿堂黑魆魆的角落里。我的心立刻狂跳起来，全身汗毛倒竖。臆想着在开门的瞬间，他跟着我冲进去。天哪，我是该大声呼救还是拼命反抗？四下里死一般的寂静，连一个鬼影子都没有。我近乎绝望了！我哆哆嗦嗦地掏出钥匙，可越慌越乱，半天插不进锁孔，急得眼泪又出来了。我隐隐听见身后的脚步声越来越近，越来越近，有一股风压迫着我的后脊。我想"完了，这辈子"！

一双有力的手从身后扶住我颤抖不止的手臂，轻轻地说："傻丫头，让我来吧！"

表白

早上悠悠醒来，恍如隔世。

S坐在写字台边，正安静地阅读。晨光勾勒出的背影，线条环着一层粉红的绒毛，一如梦里的光景。

依稀记得昨晚S忙前忙后给我煮粥、买药、换冰枕，通宵达旦，像是在偿还前世欠我的债。他见我醒了，坐到我床边，满眼血丝地看着我："还好，头发没少一根，就是脸晒黑了三个色号不止。"说着一如既往地坏笑。他的头发乱成好看的样子，青瘦的脸颊上有薄薄一层络腮胡茬，性感得让人窒息，特别是他离我这么近，鼻息相闻。

曾经设想过，如果有一天再遇到S，我会如何应对。甚至在午夜梦回时分，设想无数可能，但当他真的不远千里出现在我面前时，却一句话也说不出来了。

我虚弱地闭上眼睛。如果这是梦，我愿长睡不醒。

……

可现在，S明确无误地坐在窗前。当美梦成真时，多少会让人觉得有点不真实。

"你，怎么来印度了？"我躺着不动，疏懒地问一句。

"看你怎么在日记里写我。"他抬手举起我的日记本。

“你偷看我日记？” 我愠怒。

他并不辩驳，只慧黠一笑：“为什么每页都有我？”

我一时哑然，心中无数小鹿乱蹦乱撞，脸烧得熊熊融融。

他走过来抚我的额头：“烧退了啊，脸怎么还这么红？”

我仰起下颌，眼中伸出无数魔爪想掐断他的喉咙。

“其实你心里喜欢我，对吧？”不等我答，他霸道地扳我的脑袋上下摇晃，做点头状，“我就知道。”他欣慰地一笑，“但你对我的喜欢远不及我对你的喜欢。你说二十年后去帕斯帕提纳神庙找我，而我只过了二十天就来找你了。因为这二十天，我满脑袋都是你，像着了魔，被你附体了。我每天都无法自制地想：你在哪儿，在做什么，是不是安全，开不开心……我简直要疯掉了，原来恋爱是这样一件让人幸福又痛苦的事情。两天前忽然打不通你的电话，我的天都要塌了，我发现我在犯和雨人同样的错：让心爱的人一个人旅行。可他明明告诉过我：爱一个人就该翻山越岭千山万水地去到她身边，和她并肩看人间风景。所以，我来了，丫头。生命就那么长，为什么不在我们相爱时，好好恋爱呢？”

我定定地看着他，像看着一个刚从炼狱中走出的人。脱胎换骨换血，还换了一张棉花糖似的嘴。他的表白在我心里涌起一阵漩涡，我不动声色，却已沉沦其中。难道神让我们保留彼此的初恋，就为了今天？

城市宫殿

三日不见的斋普尔，又复归了和平。繁密的街道上，喧阗热闹，绿女红男，衣香鬓影。观光客如潮水拥来退去，斋普尔人的生活依旧。

而我已然不同。丢了一部手机，换来一个护法真身。由衷感谢那位偷我手机的大侠，举手之间为我带来的福祉。他一定是神派来的，兴许就是神。

着一袭仙袂飘飘的纱丽裙和S漫步街头。午后的风没来由地扫来又扫去，像是故意撩拨我的裙摆，让我似弱柳扶风，惹得S不时偏过脸来瞄一眼，终于憋不住了说："纱丽裙真好看。"

我微蹙道："仅仅是裙子好看吗？"

S粲然无声地一笑，露出两排珠贝般晶亮的白牙。我感觉到他的手在摸索着，悄悄地捉住了我的手。这个在幻想中发生了无数次的小动作真实发生时，还是令人心颤。我没敢侧头看他，只是轻轻地回握着甜蜜。因为牵手，一切阳光下的混乱甚至肮脏都让人觉得亲切可人，连地面上四处乱跑的碎纸片，都像蝴蝶在飞。

旅行的美好，其实不是看风景，而是不论风雨，都和爱的人在一起。

我们就这样随意、率性地在街上走，没有方向，且行且停，全凭心意。不知不觉徜徉到“城市宫殿”。这座占据旧城七分之一地盘的王宫，最初的主人是贾伊•辛格国王，一位把宫廷建造当游戏把玩的建筑狂人。他在建宫之初，便将其命名为“城市宫殿”，可见早有将整座城打造成宫殿的雄雄野心。

宫殿的门洞非同一般，券顶高大空阔。左右各有两层长廊，实木的廊柱闪着厚实润泽的光。长廊上站了三个小孩、一只灰鸽，同是目光炯炯，神色凛然，俨然守城的卫士。出入宫殿的游人无不停步瞻望，会心微笑，可这三个屁孩兀自淌着鼻涕，全然不觉。

城市宫殿里，各种建筑既保存了印度艺术的雄浑大气，又汲取了伊斯兰文化的精细柔丽，并把它们全都统一在同一个色调里——粉红色。有趣的是，这样一个极端奢华的宫殿群却有着极简的门窗。窗多是白线勾画而成，只做装饰，并无实用，类似藏传佛教寺庙的盲窗。至于门，也不是严格意义上的门，只有空空的门洞，却无开合的门扉。据说，印度历史上本没有门的概念，十八世纪沦为英国殖民地之前，印度人根本不知门为何物。上至国王，下到百姓，无不过着夜不闭户的安逸日子。金贵的拉贾斯坦国王，就是在

这样四面敞亮、八方透风的宫殿里，气定神闲地统领着他的江山。

在宫殿博物馆，意外看见一件放在玻璃柜里的锁子铠甲，清乾隆帝所赠，挡冷兵器之用。想那乾隆帝一定不知印度的国情，人家门窗都不需要，一件薄薄的锁子甲，能堪何用，徒让人在酷热的暑天捂出一身的痱子而已。

天热，口渴，S便去博物馆外去给我买西瓜。独自溜达时，看见三个舞蛇人守着三个框。盖子打开，三条大蛇倏地窜起，鼓着扁扁的大腮帮子，嘶嘶地冲我吐信。这就是传说中的眼镜蛇啦，我立刻抢拍一张。不料，舞蛇人的手立刻像蛇一般伸到我的面前，向我索要100卢比。我打了个冷战，这不是咬人吗？转身欲走，三个男人呼啦一下跳起来围住我，还抖动手中的蛇恫吓我。“100卢比！”三个男人出口恶声，眼神阴邪，比眼镜蛇更让人寒战。

好女不吃眼前亏，正掏钱，出去买西瓜的S回来了，挡在我和三个舞蛇男之间。他声色俱厉的样子甚是英猛，三言两语便将那三个市井流氓说得偃旗息鼓，快回了原形。

回头，S看我脸还僵着，便哄我说给我表演绝世武功手劈西瓜。手劈西瓜样子很难看，味道却非常甜。我俩埋头苦干，哪有半点斯文。S边吃边顽童般瞄准树干吐西瓜籽：“旅程中偶尔的不快只是一粒西瓜籽，吐出去就吐出去了……”

天文台的秘密

贾伊•辛格不仅建了一座城市宫殿，还修了座简塔•曼塔天文台。主观以为十八世纪的印度天文学能有多大建树，不看也罢。不想，七弯八拐，还是走到了简塔•曼塔天文台门口。只微微侧目一瞥，就生生吓了一跳。好些稀奇古怪的几何体建筑耸于广场上，其规模格局在今时今日行家里手看来，也是震撼和震惊的吧！

好奇的“魔爪”一下就把我和S抓了进去。

天文台全是一些凭肉眼直接进行天体观测的天文仪器。有计算印度教日历的星象盘，观测北极星及12星座的望远器，测量天体方位的经纬仪，还有迄今世界上最大的日晷，仅是晷针就有27米高，其投下的阴影每小时移高4米。与之相邻的还有一些弧形、三角形、圆形的小日晷，均在莫卧儿时期充当计时的功用。看惯了机械电子的东东，再回头看这些原始粗陋却见微知著的原始计算器，倍觉印度先辈们了不起。

只是，一个藩王干嘛热衷天体星象学？

S说，18世纪，莫卧儿帝国逐渐衰弱，印度境内的各小藩国名义上隶属于帝国，实质上却有高度的自主权，斋普尔就是其中一例。它当时的藩王贾伊•辛格一边狂热地打造宫殿，一边着魔地研建天文台。他探测行星移动和宇宙秩序，并非纯粹科学上的兴趣，而是借此将星象学、宿命论介入政治，让老百姓相信富贵在天，人各有命，不要妄生非分之想，老老实实当顺民，从而巩固自己的王权统治。

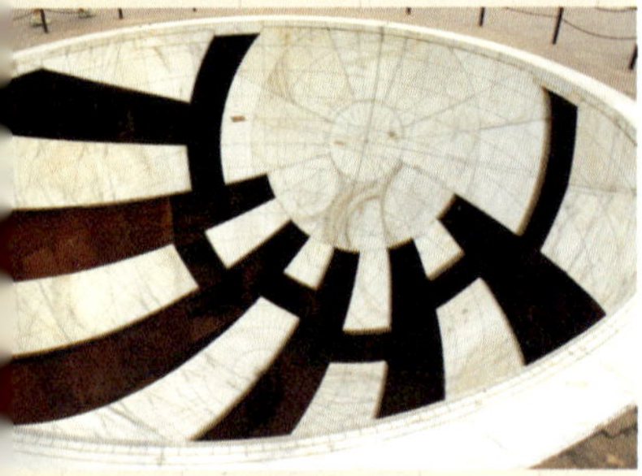

“啊，你怎么无所不知？”我看着S，用仰视的目光。

“忘了？我是导游，导游略等于百科全书。”他啧啧自夸道。

所有的天文仪器都安适地散布在草坪上。草坪因为有阳光洒在上面，青葱盎然，嫩翠可人。S建议小坐一会，接接地气。我想正好边歇脚边和他聊聊八卦易经。可S屏息静气，安定心神，闭目危坐，并不睬我，像僧人入定，又像睡着了进入太虚。我知道S有每天禅坐的习惯，忽然选在此时，会不会与此处星象有关？又或者，他在接天地感应测吉凶命运，也未尝可知？时光在日晷上悄然滑过20分钟，S方才一个激灵醒来。我问他刚才是不是在求神问卜。他看着我傻了几秒，然后露出尴尬的笑：“刚才太困，打了个盹。从尼泊尔到印度，一路拦顺风车过来的，三天没睡觉了，呵呵……”

我的眼泪一下濡湿了眼眶。婆娑中，我仿佛看见S站在尘土漫天的路边拦车的背影，看见他蓬头垢面坐在敞篷货车上的孤单，看见他背着行李拨开万千人群向我走来的坚定。此生，居然有人肯为我如此不惧千难万险。此生，若能始终得一人这样不计代价的疼，那么，即便困苦，即便疾病，即便死亡，心亦足矣！

别人的白马王子

回客栈时正赶上下班高峰，人车一块儿被塞在了马路中间。四周一锅粥似的横竖着各式各色的卡车、轿车、三轮车、马车、骆驼车、自行车，动弹不得。大家也不责怨，反自得其乐地聊天侃地。我先是看着心头火起，后瞧一眼花哨公汽上的广告语：“Life is short. Don’t rush!（人生短暂，何必匆忙！）”也就释然了。

隐约听见有鼓乐声由远及近，所有车窗立刻条件反射地贴满了好奇的眼睛。看热闹，永远是慢生活的印度人的特殊癖好。

循声望去，哇噢，在对面车道的尽头，我居然看见了童话故事里的白马王子！

他一袭白衣，头缠红白裹巾，身跨骏马，腰佩宝剑，眼眸深邃，身段挺拔，神态俊逸，高贵梦幻，威武中透着隐藏不住的性感，俨然从古典油画中走出，动人不已。特别是那骏马披红挂绿穿金戴银，被打扮得仿若神兽。马前马后簇拥着盛装的亲朋，他们随着快节奏的鼓乐在行进中载歌载舞。

我惊奇地问S，这是皇室出宫巡游吗？他捏捏我的脸颊，笑说，这是结婚的迎亲队，穿白衣的是新郎。

啊，这么帅的新郎，新娘真幸福！

贪念美色的心蠢蠢欲动，立马拉S下车，跟上了迎亲队伍。“运气好，说不准还能混一顿免费的喜宴。”我美滋滋地说。

迎亲的队伍很长，打灯的，吹号的，跳舞的……在夕阳下浩浩荡荡、慢慢吞吞地前进，仿佛要把这人生的精彩尽可能地留在路人的眼里心里。今天一定是个黄道吉日，一路上居然遇到了六个白马王子和他们的娶亲队伍，洋洋乎大观。老实说，在“跟谁走”的问题上我三番五次地挣扎过，“王子”都很帅，让我很为难。

S只是笑，对我的“好色”毫无芥蒂。他知道我就是过过眼瘾，因为我的手在他的手心里。

暮色四合中，凭着沙丽的掩护，我和S混进了婚宴现场。一个足球场大的花园广场，用鲜花、彩灯和绸布装饰得美轮美奂。里面摆满了各色美食，流动着万千宾客。在这儿混饭，真是一点技术难度都没有。

我迅疾端上餐盘，以横扫千军之势埋头暴搓，踞案大嚼。S则镇定从容地挑选食物，斯文绅士地细嚼慢咽，很婆罗门范儿，仿佛他是揣着请柬赴宴的贵宾。偶尔冲我做个俏皮的鬼脸，然后两人默契地笑。那一瞬，我感觉我俩简直天生一对江湖骗子。我正饕餮得肆无忌惮，听见身后一个女孩声：“慢慢吃，别噎着！”

骇然回头。一个年龄相仿、面貌精怪的黑美人慢声细气地又说：“这儿有五百多种印度菜和甜点，你一样尝一丁点，就能撑死你。”

我赶紧收敛口形，端正吃相，看着女孩，尴尬地笑。

女孩说，印度的婚礼一般会延续一个月，如果我胃好，可天天来吃。新郎是中产家庭，算不上很有钱，但因为印度对传统婚礼的重视，所以为办一个永生难忘的婚礼，不惜一掷千金，倾其所有。这场婚礼的花销大致是30万美金。

新娘子只有16岁，还未到法定年龄，属于童婚。她家境贫寒，星象大师说她有“帮夫命”，且和新郎的种性都是刹帝利。在印度，女孩出嫁，娘家要提供一份丰厚的嫁妆。一般来说，女孩子年龄越小，男方索要的嫁妆越少，于是许多贫困家庭选择尽快把未成年的女儿嫁出去。

末了，女孩眯着眼睛问：“看你们两个对新娘新郎一无所知，来混饭的吧？”

我老老实实地点头。可见撑爆的胃和供血不足的脑已让我完全失去了警惕。

吉辰到时，女孩拉我和S去看新人绕圣火拜火神。她还特意将我引见给新郎新娘：这是我大哥，这是我大嫂……

她后来说的话，我一句也没听清。

风宫的眼眸

睡梦中，一大块婚礼奶油蛋糕刚刚碰到嘴边。忽然，听见咚咚的敲门声，以及窸窸窣窣的脆纸声从门缝下传来。睡眼惺忪地看了看腕表，七点整。这家伙，怎么跟闹钟一样准。

清晨
我是讨嫌的闹钟
只为唤醒你
灿烂的笑容——by S.

读完S的诗，再去追梦中那块蛋糕想是来不及，只好起床。院落中阳光灿烂，S已在此摆好了早餐——他精心烹饪的比尔亚尼和萨摩萨。这一饭一蔬，竟然出自一个男人之手，让人恍然又回到了梦中。看着眼前这个上得厅堂、下得厨房、写得小诗的新好男人围着我转悠，心中冉冉升起一种小女人的小满足。

早餐后上街，心中无端端地很开心。热闹的市景也很衬心情，汽车、突突车、三轮车与行人、动物杂存，生气勃勃。临街的店铺一间挨着一间，门脸大开。纱丽、布毯、挂包在店铺口招展着五颜六色，惹人流连。最开心的是常有描抹装饰得花花绿绿的大象、骆驼从身边从容而过。真是，处处生动，时时惊喜。

沿街的商家多是年轻的印度小伙儿，个个眼明心亮，见女游客就上前搭茬。他们语速飞快，眉眼传情，举止暧昧。聊着聊着，他们会下意识地触一下女游客的胳膊，抚一下她的发辫，让人迷惑他们是在兜售商品，还是在与人调情。却也不招人厌，因为他们总是温和地笑着，风情却不色情。生意成了，他们会高兴地接过钱，不管多脏，先放到嘴边亲一下，再放到额头碰一下，感念佛恩。生意不成，也无所谓，权当消遣。所以，和他们聊天砍价没什么压力，只当寻乐子。

我信手拣选了两条鲜艳的围巾、几盒印度香和大吉岭红茶，给朋友或给自己。付完钱，正打算走，看见铺子门口还卖黄木骰子，随手抓起一个，大大的六个面上印着：半杯、干一杯、干二杯、随意、点将、大家喝。忽然想起回家要和贝贝拼酒，这小东西可能会派上大用场，于是一扬小臂，一松指头，骰子便滚落进蕾丝袖口里。S适时又递给我一个骰子，六个面都有两小人儿：吻、抱、亲、打、捏、背。嘿嘿！这个好玩。一扬手臂，又一个收入袖中。抬头看老板，正手忙脚乱地招呼着一个欧洲美女，根本没工夫搭理我。算了，不麻烦他了。

走出去老远了，S方才伸手让我缴出战利品。我大方地给他，然后两个人边走边看边大笑。我其实就是想做点出格的事，让多年以后的我俩能忆起今天。S无原则地怂恿配合我，显然是看明白了我的心。

尚沉醉在初下贼手便成功得手的喜悦中，突然被一幅粉红色的“墙”挡住了去路，撑满了视线。它蔚然壮观地伫立在穷街陋巷边，似乎想与喧闹市井亲和平易地融成一体，可出身皇室的它还是轻易就跳脱俗界，以卓尔不群的身姿和气度吸引了所有路人的眼球。

这就是斋普尔的地标建筑——风宫（Hawa Mahal）。它建于1799年，是一幅五层高半八角形，由935扇窗构成的高大墙面。形如蜂巢的窗，密密麻麻地装点着粉红墙面，精巧炫目，叫人过目不忘。

风宫正位于老皇宫的后侧，玄妙设计的窗使宫殿的任何地方都有风吹入，清凉爽身，惬意适然。若有狂风来袭，只需将窗全部打开，大风便能穿窗而过，轻松化解倾“墙”的威胁。据说，造这些窗的初衷并非通风之用，而是为满足旧时宫中女人窥探外界的好奇。透过红砂石的镂空窗，她们可以俯瞰街景，而街上百姓却看不清她们。

真是个俏皮的构想。概可想见，当年的国王为安抚囿于宫禁的嫔妃们煞费了苦心。只可惜，这些窗只能过过眼瘾，如何满足幽闭深宫的女人们淘宝购物之乐，以及那些香艳春夜里的无边寂寞?

梦里水宫

S说，斋普尔有一个诗意浪漫的雅号——粉红之城。

难怪，城里的屋顶、墙壁粉红，小店、小摊粉红，连女人的纱丽也偏执地粉红。轻柔如云的纱丽本就惹眼，加之迷你低腰的露脐款，愈发飘逸出了女人的性感和妩媚。粉红阳台和粉红窗棂处，总有闲闲的男人凭栏打望，顺着他们的眼线寻去，无一意外的都是粉红美女，燕瘦环肥，波涛汹涌。几个十六七的女孩，肤色润如新荔，身量苗条婀娜，柳腰款摆，莲步轻移，看得我都心中一荡，更甭提高处垂涎打望的男人了，如何收得住淫兴浓浓的眼神?

有美女的地方，就有风，有水，有风生水起。所以，斋普尔得皇天厚爱，有了风宫，又得了水宫。两宫相去甚远，却都蜚声宇内，声名远播。

经过一个摩托车行时，S闪进去跟车行伙计胡诌混扯了一会儿印地语，然后推一辆弹睛落眼的日产摩托车出来。想起雨人曾说，摩托车能让人产生仗剑走天涯的豪迈感和御风而行的自由情愫，是恋爱男人的道具。当时听着不以为意，此刻，车技超烂的S都想在我目前飙一把，便深以为然了。

S他还别出心裁地让我坐他前面，然后启动，轻踩离合，歪歪扭扭地飞驰上路。路两旁是急速倒向身后的粉红街景，长发和纱丽在粉色的空中

飞扬。回头看S，笃定神武地驾着机车，周身像镀上了一层阳光般的耀眼。那一瞬，真觉得我俩是宝莱坞电影里的男女主角。

忽然，在右前方，一片水光滟潋而出，朝着我们的方向盈盈铺张过来。水面越来越大，在阳光的折射下，上下空濛，一碧数顷。水之中央，一座淡粉色宫殿沁水笼雾，娉婷玉立，宛如一位寂寞佳人，静默守候着属于她的红粉岁月。

它就是水宫了。

十八世纪，拉贾斯坦王国的君主玛多•辛格修建了这座避暑行宫。每逢夏日，他便携同嫔妃宫女来此泛舟。水宫平卧湖心，四方各有圆亭拱门窿窗，恢弘而不失素雅清丽。只可惜，五层高的水宫被湖水淹没了三层，曾经奢华一时的宫殿，如今已人去楼空，冷冷清清，一任烟波浩渺将它与往世隔绝。

水宫前百米外，有一个廊柱式建筑，酷似国王的观景台。台上，几只凝立不动的黑色鸬鹚抻着长喙眺望远方，它们安静的身影使远山近水显得愈发空寂。

遥想从前，这里一度是王宫贵族趋之若鹜之处，霓裳丽影，歌舞升平，天界瑶池，风生水起。现如今，四野无声，只有流水汩汩滑过水宫时的轻叹，往日韶华，已成千古。

离开时已夕阳向晚。一抹绚烂的殷红，在落日的湖中绽放着瑰丽的光彩。遗世独立的水宫氤氲其中，仿若一个浪漫粉红的梦。

我把这个“梦”拍进手机，微信发给尼泊尔一行的十个同伴。不想，回收了诸多惊喜：

子于正在和几个朋友胡吃海喝，他说，吃饱了，才有力气减肥！

刘局发来了他和文芳在伦敦大本钟下的合影，他说，生命易逝，心愿不一定非得等到退休后去完成。

王老师报来喜讯：获得了2013年厦门异域风情摄影大赛的金奖，获奖照片是一组行摄尼泊尔。

魔鬼（徐阿姨）和天使（张阿姨）又成同学了。她俩回国后就报了老年摄影班，目标是让照片中的魔鬼成天使，天使更天使。

贝贝现在每天早睡早起，每天带狗狗散步看江边落日。她说相比主席台上那些穿着“皇帝的新装”的人，她更喜欢和心灵单纯的狗狗在一起。另外，她还发了一条骇人短信：弄了十斤上好黄酒，等你回来，拼！

雨人居然在付姐的城市和她一块儿吃地皮火锅，这火锅成本至少得加进去两张机票钱吧？雨人说，人的一生中总要放纵那么一次，为爱！

……

人生没有白走的路。老天爷安排这些家伙在尼泊尔相遇，冥冥中自有玄机。

神仙琥珀堡

早起的鸟儿唱乏的时候，我才起床。今天，“闹钟”居然没叫早?

院子里，清风习习，阳光静好。桌子上端坐着一个大蛋糕，怪模怪样，一看就是非专业制造。旁边还有一张音乐卡，翻开了，会一闪一闪唱生日歌。

为了爱你
我把心烘焙成蛋糕
Happy Birthday
小寿星
你咬我一口吧——by S.

蛋糕很甜，诗很糯心，七彩光斑下的S，很帅。

餐后，S带我去看琥珀堡(Amber Fort)。琥珀堡盘踞在斋普尔郊外20公里的崇山峻岭之巅。从山脚仰望，蜿蜒山岭上，一座古堡居高临下，巍峨矗立。古堡外是屈曲的高墙，随山势起伏盘旋。山下是一圈护城河，在阳光下闪闪发光。如此俯视凡尘，隔绝众生，是因为琥珀堡曾是印度藩王的都城，作为印度首都长达六个世纪之久。皇室的身家性命自然最珍贵，尤其在大地荒蛮、群雄割据的中世纪，想过个安稳日子只能是不惜重金将自己的城堡打造得固若金汤。

乘当地吉普车上山。只容两车错身的狭窄石路，司机却神勇威猛，一路奔突，如入无人之境。他一边驾轻就熟，一边哼着印度神曲，时不时还腾出一胳膊与路上熟人挥手问安，笑脸嘻嘻。那股神气劲，仿若他开的不是破吉普，而是法拉利。

行至山腰，但见西南一座高山，另有一座古堡，层层宫殿，垒垒城桓，与琥珀堡比邻而居。司机说，那是更早的斋普尔王宫，建于15世纪。仅仅相隔一个世纪，曼·辛格国王就在肉眼可及的地方重塑一座新古堡，可见他真是位不省钱不省心的主儿。

古堡内最有意思的是镜宫。这座过去藩王的寝宫完全用玻璃镜片嵌壁，各种花纹图案拼接的墙面在阳光反射下，璀璨无比。据说，若燃起一点烛光，即可映射出千点光芒，犹如芒钻漫天飞舞，堪称世上绝无仅有的奇观。想那三百年前的藩王，极尽心思地建这么一处爱巢，必是每日与爱妃们通宵秉烛，彻夜寻欢，过着快活似神仙的日子吧!

古堡建得如此之大，踽踽其间，仿若掉进迷魂阵里。庭厅相衔，屋宇相接，楼梯密布，上下通达。分不清这些通道连着了多少曲院密室，后宫华庭。各类建筑混合了印度教、波斯、伊斯兰教各门各派的风格，拱形的屋顶，几何图形的细

格子窗，布满浮雕的墙面……最讨巧的是城楼上一个个方形小阳台，安适精致，玲珑风雅，仿佛是深宫好奇的眼睛，正在向外探望。每次见到这样的小阳台，就忍不住站上一小会儿，让脑袋吹吹风，清醒一下下，以免在历史的烟尘里迷失。

不过，还好啦！S总是紧紧地攥着我的手，生怕一松手我就丢了似的。S不断叫我站好，堆笑，拍照。我变换着坏笑傻笑媚笑，只为定格和S最后的时光。我要给S也拍几张。他骄傲地说："算了吧，我一出场，这风景就只是陪衬了。"

我还是抢按了快门。爱因斯坦说，"时间从来都不会流逝，过去和将来的一切都在那儿。"我不确信有这样玄妙的事儿。我需要一个实实在在的影像，帮我在他年回想S时，能清晰如今。

行至琥珀堡上方的杰加尔堡时，我提议比赛谁先跑上堡顶，输者受罚。结果，当然我赢了。S说比赛不公平，他不仅背着包，体重还比我重40斤。可我心里清楚他是故意中招的，他想看我得瑟时的傻笑。

我问："想怎么受罚？"

他答："罚我听你唱歌吧。"

"嗯？想让我崴脚吗，然后背我？"我莞尔赖皮地说，"你直接背我吧，我很善解人意的。"

S果真躬下身背起我，嘴上叽叽咕咕像很吃亏，脸上却是千肯万愿的欢喜。

伏在他背上的那一刻，我感觉爱因斯坦的话灵验了：时间从来就不会流逝，过去和将来的一切都在那儿。时光的机器倒带到尼泊尔的时光：S背着我蹒跚地走在安娜普尔纳山路上，满山遍野的"茉莉花"，美丽的歌声和醉人的花香在风中飘荡……

爱，就在一起

晚餐后，和S一块儿去看电影。

印度电影诸如《三傻大闹宝莱坞》、《贫民窟的百万富翁》、《巴菲的奇妙命运》都是我的最爱。里面摇曳的舞姿、婉转的歌喉总是让人坠入其中，不能自拔。在印度看印度电影，应该更加原汁原味吧，何况还有帅哥相陪。

随便走入一家斋普尔电影院，其富丽堂皇可与国内五星级影院比肩，票价却低廉。很多人拖家带口像过节似的来到电影院，还在里面合影。然后如痴如醉沉浸剧情，随剧中人物同悲同喜，似是凭借电影麻醉心灵，超度他们平凡困厄的生活。

正在放映的是爱情片。故事情节虽好，可里面的吻戏都很山寨。每当四片嘴唇慢慢凑近相隔一微米时便戛然而止。把握之精准，让我不禁企盼出现某个擦枪走火的时刻，可惜没有，只有定格的两个脑袋不停地转来转去，跟拧螺丝似的。而且还是生锈的螺丝，涩巴巴的，拧都拧不动，急得黑暗中的情男欲女们一片唏嘘。导演早预想到这层，适时插入大段大段的歌舞秀，转移观众的情绪，或者干脆中场休息15分钟，让大家去买零食。

其实也不是导演不解风情，怪只怪印度影视审查得严，不允许出现露点和亲吻镜头。导演迫不得已“含蓄”示美，殊不知这种包裹得严严实实的挑逗，比赤裸裸的勾引更能蒸腾人的欲望，吊足人的胃口。

看完电影，走到大街上，心思仍没回来，缱绻在令人面赤心热的电影画面里。因为心猿意马，也就懒得说话。S也无言，只轻轻握着我的手。一种气息在我们之间微妙传递，暗香、暧昧、丰饶，像夜风扫在肌肤上的感觉，有奇异的酥痒。走到客栈了，S方才说，“要不我们去天台上吹吹风？”

天台上，星空璀璨，北斗高悬，银河依稀可见。隔壁楼栋的露天平台上正举办私人party。俊男靓女们随着欢快的音乐欢畅地舞蹈。他们舞得性感妖娆，灵动柔美，随心又所欲，好看又好有感染力。我看得入迷，恨不得自己也有一双着了魔法的红舞鞋，和他们一块儿跳舞。不知何时，S已悄悄站近我，他将手放在我腰间，带着我轻盈地转动。他的衬衫释放着檀香的味道，他的呼吸吹拂着潮热的气息，他的眼睛闪烁着星星般的光芒……此刻，时空退隐，天地间只有音乐和我们。那音乐让人忘乎所以，我原本有的一层厚厚的壳，不知不觉甘心情愿地在他面前剥落一地，让一颗心返璞归真，柔情百转。我双臂环着

他的脖颈，让他完全把我搂在怀里。我们轻舞在夜空下，满天星斗，我仿佛还看到，有烟花在绽放。

“生日快乐！”S用下巴在我额头上轻轻一磕。

我点头。

“要生日礼物吗？”

我点头。

“你先闭上眼睛。”

我依顺地闭眼，心里默默地想，送个生日礼物都弄得跟拍电影似的。可我错了，和电影里不一样，因为我的唇被突然牢牢地吻住了。我本能地想躲，可心有不舍，初吻的味道太甜腻，太美好了。

夜露沾衣时我们方恋恋不舍地各自回房，我刚收拾好行李，S就来敲我的房门。那门声让人慌乱，隐约觉得是个危险的信号。付姐十年前那个悔不当初的夜晚，似乎经过这么多年后又绕了回来，绕到我面前。一切都那么熟悉，一模一样离别前夜的敲门，像在光阴里的隔世重逢。我克制自己不去碰那门，可心似铁意如棉，难道是神冥冥中的旨意：让时光倒流，让场景再现，让故事返场，只为了——让爱在一起？

我捂住扑通乱跳的心，轻轻打开锁扣。一缕清辉射进了门缝……

再见，我复制的爱情!

今天，我将乘午夜航班从德里直飞北京。

坐在去德里的大巴上，我和S或是轻轻聊天，或是心不在焉地看窗外风景。从前最怕坐无聊的长途车，今天却希望这条时光之路没有终点。

我打盹时，S就帮我改游记。他真不含糊，来印度这几日，每晚熬更守夜孜孜不倦地修改我的文稿。刚刚，还在我日记的末页写了一首诗。他说权当学习，明年考学去中国，去我住的那个城市读书。我说果真如此，我就把这本游记印成书去机场接你。他点头，说一言为定。

其实，我们心里都明白，S终归要做帕斯帕提纳神庙的住持，作为神的仆人他不可能和一个非印度教徒结婚。那个一生一世的承诺，他给不起，我也不要，我们注定没有将来。可人生至少该有那么一次，为了某个人而忘却自己，不求结果，不求一生，只求在最美好的年华，与他相遇。只是，还能再遇到吗？我把眼光调向窗外，风景已经模糊。

再次走进新德里的英迪拉•甘地国际机场，意味着此行已近尾声。

S一只手始终紧拽着我，不舍得放我走；另一只手却在替我办登机

托运，一步一步送我离开。That’s just life.像极了机场大厅那十只玄妙禅意的手，不动声色地点述着人世间莫名的纠结、无奈的离合。这里都是匆匆过客，凡来尘往，你去我留，在牵手与放手之间，才有真正懂爱的人。

广播通知登机时，S才恋恋不舍地和我说再见，可忘了放开我的手，所以我走了两步，又被拉回来了。两人都笑，心里却痛。再说再见，他还是不放手，索性众目睽睽下把我拉进怀里，那个热烈生痛的拥抱，给人生离死别的心碎。

人的一生，总会心碎那么一次吧。付姐、雨人、子于都曾心碎在初恋搁浅的那一刻。命册早已写好各人缘分的深浅，有些人有些爱注定不能得偿所愿。哪怕我和S在有意无意间复制了他们的爱，在先知先觉中规避了他们的错，可终究，也摆脱不了和初恋说分手的宿命。缘分天注定，命里注定有些人只有一季的爱情。

再见，S！再见，德里！

国航CA948航班在午夜3:15飞上了夜空。我坐在舷窗边看下面沉睡的德里，无数心事和记忆在脑海中涌动。打开阅读灯，翻开流水账一般长长的日记，如蚁的文字定格了我46天异国之旅的喜怒哀乐。时光在回忆中百媚横生，故事在文字里浅笑安然，还有S的狗爬体，使他那熟悉入髓的坏笑犹在目前。

行走在这字里行间，2013年渐行渐远。欣慰的是——这段朴素柔软的时光，有那么多心中有爱的人陪我一起在路上。人生就似一场旅行，你路过我，我路过你，然后各自向前。虽然失去了曾经，但转身前行，幸福还会在明天迎接我。

因为，路，一直都在那里。

我，一直在路上。

不去想未来，未来它会自己走过来。

加德满都老城的小巷
至今还轻敲着你足音的回响

费瓦湖边你撇下的那枚桨
此刻正在欢笑中荡漾

那满山满坡的茉莉花
和着你的歌声开放在云霄

悠闲的大象站在奇特旺的时光之岸
等着与你慢慢变老

老皇宫里玄妙的风宫
为我们的前世打开了一扇窗

临别前夜的天台
我们在粉红之城的云端上起舞

其实 早在塔奴的那一晚
微醺的我差点儿吻上你绯红的脸庞

和你重逢在印度
是我这一生最美的时光

感谢缘分
让我们相遇在2013
相拥在湿婆神的故乡——by S.

小贴士

◎在加德满都办理印度签证，只需要提供离境机票。如果从尼泊尔内陆地进入印度，可从蓝毗尼附近的苏诺里过境。

◎英语普及率没有想象的高，估计只有5%的印度人真正能说英语，说得还蛮快，像机关枪扫射，还带着咖喱味的口音，即便是英国人也常常如坠云里雾里，完全不知所云。

◎无论购物、住宿、坐车都要记得砍价，印度人很吃这一套，不七折八扣显得买卖不和气。

◎拍照准备付小费。如果你不能保证给完钱后一秒钟内消失，就不要给。否则，你的眼前会突然长处一片黑手小森林，抱你胳膊，拽你腿。想象一下吧！

◎印度人敬牛如神，你找他要牛肉吃，小心他要你的命啊！

◎在印度尽量喝瓶装水，喝之前检查瓶口是否密封。不要随意喝陌生人的饮料，以防被人下药。

◎印度的公共厕所很少，且卫生状况让人难以下脚，厕所手纸一定要自备。

◎印度人通常用左手处理一切出恭事宜，因此，左手被视为不洁的象征，公开场合请慎用左手。若用左手给人递食物，可能会被认为是侮辱和挑衅。

◎印度男特喜欢找美女搭讪合影，趁机毛手毛脚，还拿出《爱经》，试探着问有没有兴趣。因此，女性旅行者不要穿得太暴露，晚间尽量不要单独出门。

◎去印度一定带上你最漂亮的袜子，因为每天都可能因为拜神庙而脱鞋，若袜子有洞，就糗大了。夏天印度地面温度高达50℃，袜子还得是厚一些的，防止脚底灼伤。

◎带好手机，换上本地SIM卡，存储各种急救电话，如印度的朋友或使馆电话，有备无患啊。

◎印度人即便天塌下来也不会着急。他们的慢性格，造成交通准点率极低。

◎印度的火车售票处分为两种，售票处只卖该站始发的车票，预售处出售所有火车票。一些大站有专门的外国人售票处。印度的火车票分许多等级，大致分为一等空调卧铺（1A类似软卧，2A类似双层硬卧，3A类似三层硬卧）、二等无空调卧铺（FC为双层卧铺，SL为3层卧铺，不提供毯子等卧具，为大多数背包客的选择）、空调座位(AC)和无空调座位(2S)四类。